Karin Irshaid · Das Hochzeitsessen

Karin Irshaid

Das Hochzeitsessen

Roman

PENDRAGON

Wenn man erst einmal zusammen an einem Tisch gesessen und gemeinsam gegessen hat, kann man kein Feind mehr sein.

Arabisches Sprichwort

Es ist nur ihr Rücken zu sehen und eine leichte Bewegung der Arme.

Lea, sagt sie und greift nach dem Fleisch, Zeit ist Augenblick. Gibt es Zeit? Was soll das sein? Die Zeit ist zu einer mathematischen Gliederung geschrumpft, damit man sich anhand von Zahlen orientieren kann. Was sonst. Sie ist gewesen, und sie wird sein. Aber sie ist nicht vorhanden, sagt sie und hat das Fleisch fest in der Hand.

Sie geht mit dem Messer unter die Sehnen und zieht sie großzügig ab. Mit kurzen schnellen Bewegungen schneidet sie die Streifen klein und bringt sie zum Katzenteller. Jetzt wäscht sie das Fleisch. Das Wasser tropft rötlich ins Becken. Sie hält das Stück mit beiden Händen, schaut den Tropfen nach, legt es auf ein Tuch, um es abzutupfen und klatscht es dann auf ein Brett.

Zwischenzeiten, Lea, sind zeitweise möglich. Alles ist immer dazwischen. Die Zeit ist nur der Augenblick, aus dem Geschichte fließt. Ich werde dir alles erzählen, Lea, was ich gesehen und erfahren habe, und du sollst auch die Geschichten hören, die ich auf meine Fragen erzählt bekam.

Das Messer ist scharf. Sie hebt die Schultern, während sie mit der Spitze des Messers

Löcher in das Fleisch bohrt. Mit schwingenden Kreisen streut sie Salz über die Lammkeule und verreibt es.

Vorsichtig zieht sie die bläuliche Außenhaut von einer Knoblauchzwiebel, hält die prallen Zehen in der Hand und zupft die dünnen Häutchen ab. Weiße Nüsse, die glänzen und knirschen, wenn sie in schmale Stifte geschnitten werden, die sie in die Löcher drückt, bis sie ganz im Fleisch verschwinden. Den Rest zerstampft sie zu Brei. Ein Geruch entsteht, der hungrig macht. Duftenden Pfeffer, Piment, Nelken und die schwarzen Beeren aus Kardamomschoten zerstößt sie im hölzernen Mörser. Die Arme heben und senken sich. Sie rührt ein wenig Curry und Cumin darunter. Die Farbe verändert sich zart. Getrocknete Minze vom Strauß, ein paar Spitzen Rosmarin, einige Tropfen Öl, darunter den zerstampften Knoblauch.

Die Farbe muß duften, Lea, dich muß der Duft schon vorher berauschen, dann wird das Essen Vergnügen sein. Meterweise, sage ich dir, haben sie aufgetischt. Dort wird der Tisch nach Metern gemessen, du kannst darum spazierengehen, wirst kaum das weiße Leinen sehen, denn es wird zugestellt sein mit Schüsseln, Pfannen, Tellern und Tabletts voller Köstlichkeiten.

Mit beiden Händen verstreicht sie die Gewürze über die Keule, bis von dem Fleisch nichts mehr zu sehen ist. Sie läßt Öl auf die Hände träufeln. Sofort ändert sich die Farbe auf ihnen. Sie wird kräftig und leuchtend. Mit den öligen Händen reibt sie das Fleisch gleichmäßig ein. Sie wäscht die Hände, doch das gelbliche Braun des Curry bleibt, und sie sehen hennagefärbt aus.

Hennagefärbt wie die Hände der Braut, die Tage vor der Hochzeit auf einem Rosenbett sitzt und angemalt wird. Diese Zeit ist nur für sie und wird regelrecht gefeiert. Die Zeit danach gehört ihr dann nicht mehr allein. Und diese Zeit der Übergabe von den einen zu dem anderen ist frei und übermütig. Da sind die Frauen unter sich. Kein Mann wird es wagen, sie zu stören. Das wissen sie. Und das bestimmt ihr Fest.

Sie malt mit den Armen einen Kreis in die Luft und deutet auf die Keule.

Das Tier mußt du dir ganz vorstellen, ich brate nur ein Stück. Beim Hochzeitsmahl hast du alles vorzuweisen. Du hast zu zeigen, was du ißt. Selten wirst du etwas zerkleinert finden.

Sie reibt die Kasserole mit dem grünen Olivenöl aus, schält von einer Zitrone dünn die

Schale, schneidet die Frucht in schmale Scheiben und legt damit die Kasserole aus. Sie legt die Keule darauf, Schalotten darum und darüber nochmals Zitrone und einen Rosmarinzweig. Mit einem großen Deckel wird alles verschlossen und mit Schwung in den Backofen geschoben.

Flüchtige Bewegungen der Hände über die Jeans. Die Hände haben durch die Curryfarbe einen eigenartigen Glanz und fahren mit irgendwelchen Arbeiten fort, als würden sie extra gesteuert. Sie ergreifen die Schalen der Zwiebeln und Zitronen, drücken sie in den Eimer für den Kompost. Mit dem Lappen reiben sie die Arbeitsplatte wieder sauber. Abwischen, ausdrücken, abtrocknen, über die Jeans streifen, die Hände aneinanderreiben, die dann für eine kleine Weile auf verschränkten Armen liegen, aber bald wieder unruhig werden und weitermachen wollen.

Sie betrachtet ihre Hände.

Die Almohennaie für die Bemalung der Hände und Füße ist der Familie vertraut. Du findest diesen alten Brauch, den man schon bei den Ägyptern kannte, in allen Religionen rund um das Mittelmeer. Eine gute Almohennaie ist wie ein gutes Omen. Sie hat ihre eigenen Rezepte, das Henna zu rühren. Sie wird es nicht verraten. Es wird Tage zuvor bereitet und dabei mit vielen Wünschen und Sprüchen bedacht. Du kannst dir denken, wie sorgfältig man sich diese Frau aussucht. Du begibst dich in ihre Hände. Die rote Farbe wird zum Zeichen für dein Glück. Die Farbe soll wie eine rote Nacht sein und möglichst lange halten. Das Lächeln des Mondes und die Zeit der fliegenden Sonnen malt die Almohennaie der Braut in die Hand.

Zeichnet sie gut, hält die Zeichnung von einem Mond zum anderen, dann steht die Braut im Mittelpunkt und benutzt ihre Hände als Zeichen.

Schau, sagt sie, hebt die rechte Hand gespreizt nach oben und zeigt sie wie einen Ausweis vor.

Schonzeit vor der Familie für eine neue Familie.

In dieser Zeit kann viel passieren. Die Zeit davor, die Zeit dazwischen, die Zeit danach. Die Zeit davor bestimmt die Zeit danach. Nach der Zeit dazwischen wirst du immer auf der Suche sein.

Sieh in den Garten. Der Sommer ist an einem Punkt, wo er umkippt, wo er üppiger nicht sein kann und das Grün jede Farbe auslacht. Es hat die Überhand. Nirgendwo gibt es Leerstellen. Es ist fleckenlos gewuchert. Es sind die Äste, die Zweige nicht sichtbar, die Wege zugegrünt, die Mauer nur noch als Form zu erkennen, die Steine umrankt. Die Vögel sind stumm. Sie haben ihre Nester verlassen, die längst vom Grün verschlungen sind. Der Sommer triumphiert. Er wird an seiner Kraft zugrunde gehen, sich niederlegen und die Zeit abwarten.

Immer wieder dieser Kraftakt, Lea. Sie dreht den Schraubverschluß des Tahinglases auf.

Die Vorspeisen sind genauso wichtig wie das reichhaltige Hauptgericht. Die bunten Kleinigkeiten ziehen die Augen an, locken mit Farben und Düften, verführen die Lippen, machen sie feucht, und die Erwartung des ersten Bissens, nach all dem, was du zuvor gesehen hast, ist groß. Die Finger spitzen sich, greifen und schieben das Fladenbrot mit den bunten Happen in den Mund. Mit geschlossenen Augen erprobst du deinen Appetit. Du hast durch das Sehen schon vorher alles genossen, ehe du angeregt weitergehst zu den Täubchen, den Hühnchen, den gefüllten Fasanen und Puten, zu dem prallen Lamm mit der petersilienumrankten Zitrone im geöffneten Maul. Alles nach Größe sortiert und mehrfach wiederholt aufgebaut. Das Essen wogt in Wellen über den Tisch, wie die Esser darum. Essen und Esser, das ist plötzlich eins, fast könntest du denken, das Essen frißt die Esser auf.

Sie holt mit einem Löffel das zähe Tahin aus dem Glas und gibt es in eine Schüssel mit weichgekochten Kichererbsen. Dazu gestoßenen Knoblauch mit Salz, Zitronensaft und ein wenig Wasser. Sie zerkleinert alles mit dem Rührgerät. Mit dem Finger probiert sie. Leckt ihn ab. Immer wieder. Noch ein wenig Zitrone. Oder Tahin. Etwas Wasser. Sie rührt und rührt. Der Handmixer ist unerträglich laut. Er knallt in die Stille des Raumes, zerschneidet die Sätze, und erst als die Masse zu einem dicken Brei zerkleinert ist, wird das Geräusch dunkel. Das Hoummus ist fertig. Sie schaltet das Gerät aus.

Probier doch mal. Das darf auf keinem Tisch fehlen.

Sie füllt es in eine flache ovale Schale, drückt mit dem Löffel eine Vertiefung in die Mitte, legt ein paar runde Kichererbsen hinein, kleine Kräusel von Petersilie. Darüber ein wenig Paprikastaub. Rot, grün, gelb. In die Vertiefung der Mitte und um den Rand des Breis gießt sie leuchtendes Öl.

Hoummus gehört zu jeder Mahlzeit, zu

jedem Festessen. Täglich ißt du es. Am Morgen, mittags zu allen Speisen, und auch am Abend gehört es auf den Tisch mit Brot und Öl.

Es ist eine der Vorspeisen, die alles einleitet. Vorspeisen bereiten vor wie die Vorarbeiten der Almohennaie an der Braut.

Sie erregen, locken durch Duft und Farbe. Diese kleinen Vorspeisen. Ein Lächeln, auf Tellern serviert. Nicht zuviel.

Die Freude darf nur heiter sein. Nur mit der Ahnung auf das Hauptgericht. Auf das Lachen und den Spaß am Biß. Erst bei der zuckrigen Torte, den brennenden Kerzen ist das Essen nur noch Lust. Der Nachtisch ist Übermut. Die Süße der Nacht.

Vorsichtig und mit viel Geduld zieht sie die hauchdünne Haut von gebackenen roten, grünen und gelben Paprikafrüchten ab, bis sie durchsichtig, fast farblos, daneben liegt. Die Frucht hat durch die Hitze nicht an Farbe verloren. Wie entkleidet liegen die roten, grünen und gelben Streifen nebeneinander und fangen zu glänzen an, wenn sie mit gewürztem Öl bestrichen, auf eine gläserne Platte gelegt und dann bestaunt werden, daß soviel Farbe wächst und eßbar ist. Wie das Rot der gegrillten Tomaten, deren Fleisch, von der angeschwärzten

Haut befreit, in einer Schüssel verschwindet und dort, mit Salz und Pfeffer vermischt, mit verzupfter frischer Minze und Oregano bestreut, in eine Schale fließt und so rot, grün mit dem Rot, Grün und Gelb der Paprikastreifen neben der gelben, rotgrün betupften Hoummusschüssel steht.

Ein Tumult für die Augen.

Sie wäscht die Auberginen. Das Messer knirscht in das Violett und zerschneidet das pelzige Weiß in Scheiben. Die grünen Zucchini spritzen bei jedem Schnitt, kippen um und lassen ein wenig Saft, ehe sie mit den Auberginen in das heiße Öl fallen und, von beiden Seiten goldbraun gebraten, auf einen Teller gelegt werden, wo sie salzbestreut noch ein wenig schwitzen.

Es wird ständig Mokka getrunken. Die kleinen Tassen stehen immer bereit. Ich brauche eine Pause, Lea.

Sie füllt den hohen Stieltopf mit gemahlenem, stark duftendem Mokka. Das Aroma breitet sich aus, reizt zum tiefen Durchatmen, Sitzen, zum Sich-Zurücklehnen und Entspannen.

Zucker, ein paar Kardamomschoten, Wasser, und der Löffel klingelt im Topf, der Mokka dreht sich im Kreis, wallt auf, und die ersten

Tropfen verzischen auf der Herdplatte. Dann hebt sie den Topf, zügelt den Schaum, läßt ihn noch dreimal aufwallen, ehe das Getränk fertig ist.

Dabei mußt du liebe Worte in den Kaffee schicken. Wunschformeln, denn das Wichtigste beim Mokkatrinken sind nicht die zwei, drei Schlückchen, sondern das Herzklopfen danach, wenn aus dem Kaffeesatz am Rand deine Schicksalsbilder trocknen und jemand sie zu lesen weiß.

Sie gießt den Kaffee mit einem kleinen Schaumberg in die henkellosen Tassen.

Du reichst die Tasse mit dem dicksten Schaum dem, der dir am liebsten ist, senkst dabei die Augen leise und schaust beim ersten Schluck in diese liebsten Augen. Der aufgeschäumte Traum wird hörbar abgeschlürft, denn je mehr Schaum, desto dichter ist der Traum.

Zwei, drei Schlückchen und du drehst die Tasse auf den Kopf.

Sie stellt die Tassen auf den Küchentisch. Sie setzt sich auf den Stuhl und streckt die Beine weit von sich. Zurückgelehnt sitzt sie da, schlürft erst den Schaum und trinkt den Mokka in kleinen Schlückchen aus, bis nur noch der dicke Satz übrig bleibt. Sie schaut ihn prüfend an und dreht die Tasse so in der Hand im Kreis, daß der Innenrand von Kaffeesatz geschwärzt wird.

So mußt du es machen.

Sie stellt die Tasse auf den Kopf.

Du wartest nun voll Ungeduld. Du redest über kleine Dinge, Worte nebenher gesagt. Du hast nur noch den Kaffeesatz im Kopf. Du drehst die Tasse, um vielleicht für einen kurzen Blick zu sehen, ob der Rand getrocknet ist. Doch der schwarze Satz trocknet nicht so schnell. Du brauchst Geduld. Du setzt die Tasse wieder ab und wartest.

Es gibt immer eine Frau, die diese Bilder lesen kann. Sie wird dann gebeten. Sie wird sich zieren, macht es aber ganz bestimmt, und alle werden diesen Worten lauschen, dieser Stimme, die von den Bildern kommt, und ihr Glauben schenken. Denn diese Bilder sind dir zugefallen. Alle hören zu. Alle wissen Bescheid. Alles ist ja ablesbar.

Der Almohennaie sind diese Bilder vertraut. Sie wird mit Mokka zugeschüttet werden, um immer wieder neue Zeichen für alle Zeiten zu entdecken. Sie wird dir sagen, was nur du weißt, Lea, und du wirst hören, was du ahnst, was du weißt und was du wissen willst.

Sie nimmt die Tasse vom Tisch.

So wird die Almohennaie deine Tasse nehmen, hineinschauen und schweigen. Dann schaut sie dir in die Augen und beginnt zu lesen, wie aus einem Bilderbuch.

Sie hält die Tasse in der Hand und schaut lächelnd hinein.

Ich sehe einen Weg, Lea, wird sie sagen. Der ist lang und sehr verzweigt. Ein Berg versperrt den Weg, versperrt die Sicht. Eine gefährliche Leiter führt nach oben. Die Leiter ist für dich. Du mußt hinauf. Dort steht auf einer Ebene ein gedeckter Tisch. Es sitzen viele Menschen darum. Alle essen aus einer Schüssel, sind sehr bewegt und mit sich beschäftigt. Du hast Hunger. Jemand führt dich an den Tisch.

Die Almohennaie macht Pausen. Von den dunklen Bildern in der Tasse schaut sie immer wieder in deine Augen und tastet dein Gesicht mit Blicken ab.

Ein blühender Baum trägt reife Früchte. Ein Stier kommt aus der Menge und bringt dir sieben Äpfel von einem Baum, die du davonträgst.

Ein Haus auf dem Berg ist schwarz. Es hat keine Tür. Es hat einen Turm mit einem einzigen Fenster. Darin steht eine Frau und schaut herab. Sie kämmt ihr Haar. Sie blickt mit dunklen Augen und winkt über den Berg hinaus. Sie ruft den Stier zu sich. Er verschwindet wie ein Schatten im Haus.

Wenn die Almohennaie schweigt, dreht sie die Tasse in ihrer Hand, um weitere Bilder zu suchen. Sie zeigt mit dem Finger in die Tasse und sagt dir, was sie sieht.

Dem schwarzen Haus befindet sich ein helles gegenüber. Du bist darin und stehst am Fenster. Am Himmel über dir segelt eine Wolke heran. Ein Vogel fliegt mit einer Botschaft heraus und bringt dir eine Nachricht, auf die du lange gewartet hast. Ein Schiff fährt mit dir über tiefes Wasser. Ein grünes Land liegt im Nebel. Eine Frau weint, sie geht über einen Acker.

Ein Hahn lacht und krallt sich in ein großes Herz. Du reitest auf einem Roß davon. Ein Abgrund. Der lachende Hahn. Das fliegende Herz. Ein Sturm, mitten in ein aufgeklapptes Buch hinein, das seine Buchstaben entläßt und von neuem zu schreiben beginnt.

Sie stellt die Tasse auf den Tisch.

So oder so ähnlich liest die Almohennaie aus deiner Tasse. Sie beobachtet dich, dein Gesicht, deine Gesten genau und läßt sich viel Zeit. Du hängst an ihren Lippen, du setzt die Bilder zusammen, die du verstehst, und die Frau redet weiter, und du weißt, daß sie alles weiß.

Während sie wieder aufsteht, hebt sie die Arme, klatscht in die Hände und schiebt den Stuhl zurück.

Du vergißt das Denken und bist einfach nur dabei. Du hörst die wahren Märchengeschichten und weißt, daß es immer nur so war.

Die Frauen um die Braut heizen die Stimmung an. Musik klingt aus dem Recorder, die Hüften wiegen sich, die Finger schnipsen nach dem Rhythmus, die Füße drehen sich im Takt, stampfen mit den Fußspitzen, die Augen blitzen und zeigen die Wünsche, die bei allen gleich sind. Es wird gesungen und gelacht und irgendeine beginnt zu erzählen, wie es war bei der Schwester, bei der Nachbarin. Wie es war mit dem Cousin, der nichts wußte und nichts konnte und bei dem die Frau zu guter Letzt die Hand anlegte, und bei dem anderen, der nicht aufhören konnte, und wo alles in einem Schrei ein Ende nahm.

Die Frauen lassen nichts aus. Jede erzählt offen eine Geschichte nach der anderen, ihre eigene Geschichte. Sie lachen, sie weinen. Sie imitieren die Stimmen der Männer, ihre Gesten, erst mit verhaltener Stimme, mit der Hand vor dem Mund, dann immer lauter werdend, ermutigt durch das Gelächter, spielen sie Szenen ihres Lebens. Die Kinder sind dabei. Sie tanzen, sie spielen, sind ausgelassen oder lauschen mit glühenden Gesichtern aufmerksam den Erzählerinnen. Sie kennen die Geschichten. Sie hören sie immer wieder. Immer wieder neu.

Die Braut hält still an diesem Tag. Sie wird von den Frauen liebevoll verwöhnt. Am Morgen im dampfenden Badehaus in heiße, feuchte Tücher gepackt. Es wird geschwitzt, gebadet, geduscht, massiert. Büschel von Härchen in allen Nischen, an allen Stellen werden säuberlich entfernt, die Haut wird mit Salben geglättet. Ein Purpurrot aus Henna beleuchtet später den Eingang zur Nacht. Hände streichen über die Haut und verreiben duftendes Öl, bis der Körper spiegelt.

Der Raum für die Almohennaie und die Braut wird hergerichtet. Feine kleine Speisen. Orangenblüten. Rosenblätter. Der Recorder für die Musik. Kaffee. Zigaretten. Süßigkeiten. Alles ist bereit. Alle sind in Bewegung. Nur die Braut hält still an diesem Tag. Am nächsten feiert sie ebenso ausgelassen und tanzt bis in den Hochzeitstag hinein. Doch erst sitzt sie auf dem geschmückten Bett und reicht der Almohennaie ihre Hände, später ihre Füße, die diese in alter Tradition nach dem eigenem

Rezept mit Geschick bemalt und umwickelt, damit die dick aufgetragene Farbe die Haut gleichmäßig färbt. Eine Geduldsprobe für die Braut durch die lange Nacht hindurch bis zum nächsten Morgen.

Die Braut hält still. Sie hört die Geschichten, die sie kennt, die aber vor der Hochzeit einen anderen Klang bekommen. Die Frauen umtanzen die Braut. Sie verkürzen ihr die Nacht. Es dauert nicht lange, dann wickeln die Frauen Schals oder Tücher um ihre Hüften. Sie knöpfen die Blusen auf und verknoten sie unter der Brust. Aus dem Recorder singt Feyrous bunte Bilder durch den Raum, und Wünsche schwingen im Rhythmus der klatschenden Hände und winken in den Tanz hinein. Die Frauen lachen zu dem Gesang. Die roten Fingernägel stecken wie Kämme im Haar, heben es hoch und lassen es mit einem Schwung über das Gesicht nach hinten fallen. Den Kopf im Nacken, und aus der Beugung heraus bewegt sich die Brust wippend nach oben. Die Schultern zucken, und die Arme drehen sich spiralenförmig auf und ab. Die langen Haare berühren die Waden, alles gerät ins Schwingen. Nichts ist mehr an seinem Platz. Der Oberkörper fällt nach vorn, richtet sich wieder auf, streckt sich über sich hinaus in die Höhe, und die Finger schnipsen Funken in den Raum. Hüften und Arme haben etwas Aufforderndes. Armreifen, Halsketten rasseln, knisternde Wunderkerzen zünden die Gesichter an und lassen sie leuchten. Einige singen und feuern an. Schneller und schneller wird die Musik und reißt auch die Kinder mit. Selbst die Alten, die aus ihren Sesseln plötzlich herauswachsen, wedeln mit Chiffontüchern in den kreisenden Tanz. Ihre Augen blitzen, sie zeigen es deutlich. Sie haben nichts vergessen. Sie können sich alles vorstellen. Alles.

Sie steht auf, lacht und räumt mit ein paar Tanzschritten die Kaffeetassen vom Tisch.

Aus dem Backofen zischelt es leicht. Ein würziger Duft breitet sich aus, als sie den Bräter aus dem Ofen holt und in das Fleisch sticht, daß es rosig aufschäumt. Sie gießt ein wenig Wasser nach.

Das braucht eine Weile, sagt sie, und sie bringt den Bräter in den Ofen zurück.

In einer Schüssel vermischt sie Reis, ein wenig Gehacktes vom Lamm mit Pfeffer, Salz und Koriander. Grüne frische Weinblätter liegen wie Fächer bereit. Sie setzt sich an den Tisch.

Eine Frau allein ist in der orientalischen

Küche verloren. Ohne Hilfe ist schon ein normales Tagesessen kaum zu schaffen. Aber du brauchst die Hilfe nicht nur zum Kochen. Du brauchst das Zusammensein. Das Gespräch. So behältst du den Überblick, bleibst im Geschehen, schaffst Ordnung, oder löst sie auf, du hast die Fäden in der Hand. Du hörst Geschichten, die beliebig verändert, gekürzt oder verlängert werden, und bist dabei, wenn neue entstehen.

Vielleicht wird deshalb so zeitaufwendig und vielfältig hantiert, weil es ständig etwas zu regeln gibt. Das braucht Zeit. Wie das Kochen selbst. Ein mit Bedacht ausgewähltes Mahl wird später wie eine fertige Geschichte serviert und gemeinsam verspeist. Wer weiß, vielleicht wird es manchmal dazu benutzt, jemandem etwas aufzutischen, wer weiß?

Sie nimmt eins der frischen Weinblätter, glättet es leicht mit der Hand, gibt ein wenig vom Reisfleischgemisch in die Mitte, legt die kleinen Blattspitzen darüber und fängt an der unteren Seite an, eine kleine Rolle zu wickeln. So aufgerollt werden die Blätter kreisförmig in einen Topf gelegt. Dazwischen kommen Knoblauchzehen, ganze Kardamomschoten, es wird mit Brühe aufgefüllt und gekocht, bis der Reis weich und das Fleisch gar ist.

Wer weiß, was bei diesem Aufwickeln schon alles abgewickelt wurde, Lea. Die Entscheidungen des Lebens werden dort nicht selten am Küchentisch gefällt.

Nach Jahren der Trennung sitzen auch heute wieder zwei Schwestern an einem Tisch zusammen, nachdem sie sich im Ausland wiederfanden. Jahre der Angst, Jahre des Suchens, Jahre der Einsamkeit und der Sehnsucht, Jahre des Schmerzes durch Demütigungen und der Ohnmacht vor dem Hochmut der Macht. Resignation vor der Tatsache der Hilflosigkeit, die im Warten endet, mit der Hoffnung, daß die Zeit verändern wird.

Was willst du tun, wenn eines Tages fremde Menschen an deine Tür klopfen, weil sie aus dem Land, in dem sie glaubten, zu Hause zu sein, vertrieben wurden und eine Bleibe suchen. Wie kannst du dich gegen Opfer wehren, die vor deinem Haus stehen, mit einem Schreiben in der Hand, das aussagt, sie hätten göttliche Rechte. Menschen, die dein Haus für ihren Frieden brauchen. Du wirst selbst zum Opfer werden, denn du stehst im Weg in deinem Haus, auf deinem Land, weil sie ihren Frieden aussähen wollen, ihn festigen, wie sie es nennen. Sie wollen ihren Frieden ganz für sich allein, mit niemandem teilen und ihn mit ihrem Friedenszwang auf deinem Land zum Blühen bringen. Und plötzlich darfst du den Namen deines Landes nicht mehr flüstern. Darfst du aus seinen Quellen nicht mehr trinken. Wirst du zum Knecht in deinem Land, wirst deine Rechte verlieren, weil du den fremden Menschen weichen mußt, die noch alte Rechte haben. Als Knecht wirst du zum Feind, wenn du nicht dienen willst. Suchst du Wege zu entkommen, wehrst du dich gegen die neue Macht, wirst du Terrorist genannt. Gegen diesen Namen läßt es sich besser kämpfen. Das Menschsein wird dir abgenommen. Du wirst zum Monster gemacht, damit man dich besser vernichten kann. Ein Opfer hat immer eine Rechnung in der Hand. Und Opfer gibt es nun auf beiden Seiten.

Ich habe das Sehen dort neu gelernt, Lea. Wer sühnt, wird wachsam. Ich sah das Unrecht auf beiden Seiten. Du warst als Kind mit deiner Familie in dem Land. Später bist du gegangen. Du bist seit Jahren nicht mehr dort gewesen. Doch du erinnerst dich. Du hast als Kind schon das Wort Feind gelernt. Ich kam dahin, um dieses Wort für immer zu verlöschen, mit einem Friedenszweig im Arm. Man zeigte mir das Land und die Bedrohung durch das Feindesland. Man zeigte mir das Feindesland und die Bedrohung durch das Land. Ich sah das Leben in beiden Ländern. Unser Glaube ist alt, uralt, der älteste, unser Glaube ist Recht, sagen die einen. Unser Glaube kommt aus dem Glauben, sagen die anderen. Der Glaube macht tatsachenundurchlässig. Die Zeit ist heute, und jeder hat ein Recht auf Recht. Menschenfeind ist der, der Feinde schafft. Menschen traf ich auch im Feindesland. Sie haben die gleichen Ängste, Lebenshoffnungen, die gleichen Wünsche wie in deinem Land.

Sie nimmt ein spitzes Messer und zerteilt ein gebratenes Hähnchen in grobe Stücke. Gelblich tropft es auf das Brett. Dann füllt sie Reis in einen Topf, würzt mit Pfeffer, Salz, Kardamomschoten, ganzen Knoblauchzehen. Die Hähnchenteile und kross gebratenen Blumenkohl legt sie darüber, begießt alles mit Hühnerbrühe und im großen Topf kocht es langsam, bis der Reis weich wird und nach oben steigt. Makluba, wie es heißt: Das Unterste wird oben sein. Gestürzt. Hier auf diesen Teller.

Sie dreht sich um und macht Armbewegungen dazu. Sie spreizt die fettglänzenden Finger ab. Hähnchenteile unter den Fingernägeln. Mit einer Nagelbürste scheuert sie die

Fingerkuppen, dann räumt sie ein paar Sachen weg und spült umherstehende Teller und Töpfe, um wieder Platz zu schaffen. Sie öffnet den Deckel einer Cremedose, geht mit der Fingerspitze in die Creme, ein leichter Duft, dann streicht sie über die Hände und verreibt die Creme ganz langsam, bis sie eingezogen ist.

Aus dem schwarzen Schaf ist ein goldener Hahn geworden, Lea. Kassim war das schwarze Schaf von Anfang an, weil er aus einer Herde schwarzer Schafe kam. Jetzt steht er dort, auf seinem neuen Land, vertrieben von Fremden aus seinem eigenen Land und erzählt, wie es war, als man ihm seine Felder verbrannte. Wie es war, als man ihm sein Wasser wegnahm, weil es andere für ihre Zwecke brauchten, um dann auf ihre Weise, mit der gestohlenen Üppigkeit, Macht zu demonstrieren. Wie es war, als Gruppen von Beobachtern, Touristen, Zuschauern in Bussen über diese Länder fuhren, damit sie Zeugen wurden, wie auf der einen Seite das Land verkrustete und auf der anderen Seite das Land fruchtbar blieb und noch dazu Wasser plötzlich in die Wüste lief und es dadurch in weiten Teilen zu nie zuvor gesehenen Ernten kam.

Mit welchem Wasser, das hat keiner der Zuschauer gefragt.

Die Zuschauer freuten sich. Die Zuschauer haben auf diese Landverkruster mit ihren Fingern gezeigt. Genickt haben sie beim Anblick der Kruste. Genickt haben sie beim Anblick des fruchtbaren Landes. Genickt beim Anblick der Ernten in der Wüste.

Diese Landverkruster verdienen nicht das Land. Nicht, wenn sie alles verkrusten lassen. Es verdient der das Land, der offensichtlich alles besser kann. Damit alles seine Ordnung hat, muß erst einmal alles Grüne heraus aus dem einen und hinüber in das andere Land. So sieht man gleich mit klarem Blick, wo alles hingehört. Alles, was Grün ist, hat mit vertrauter Ordnung zu tun. Alles andere ist stumpf, ist Wüste und hat mit unbelehrbaren Landverkrustern zu tun.

Die Zuschauer nicken. Weitermachen. Weitermachen. Zeigt alles her.

Die blühenden Orangenhaine. Die alten Olivenbäume. Die Zuschauer nicken. Die Wasserdiebe lächeln. Wie schön sie alles wachsen lassen. Die Bäume. Uralte Bäume. Wieviele hundert Jahre wird ein Ölbaum? Die Bäume schweigen. Keiner stellt die Frage, wer sie gepflanzt hat und für wen. Sie stehen nur da, um ihre mächtigen Kronen zu zeigen. Die Wurzeln sieht man nicht. Welcher Vater hat sie für welchen Sohn gepflanzt? Ganz uralte Väter haben plötzlich ganz fremde Söhne ins Land gebracht und die Zeit dazwischen gestrichen. Was nicht paßt, darf nicht sein. Die Zuschauer nicken.

Und keiner hat gefragt, warum kein Wasser mehr fließt auf dem verlassenen Land und die Häuser leer stehen oder ein Loch in der Erde klafft, aus dem vorher ein Haus wuchs. Wer so sein Land und Haus verläßt, verdient es nicht.

Die Zuschauer nicken und fragen nicht, warum das Loch klafft auf dem trockenen Acker. Warum Kassims Haus, das Haus seiner Väter, gesprengt und der Garten und das Land für Jahre vermint und versiegelt wurden. Warum neue Straßen wie Pfeile über altes Ackerland ziehen und auf weiße Siedlerhäuser zielen, von Mauern umschlossen. Mauern, die Keile setzen, Grenzen ziehen für weiße Häuser, von Türmen bewacht.

Es klaffen viele Wunden in dem Acker. Die Zuschauer fragen nicht. Wissen nicht, warum Kassim Monate im Gefängnis war. Weil man ihn ertappte, wie er sich heimlich wieder an sein Wasser machte. Weil er das trockene Land nicht länger ertragen konnte. Weil er in seiner

Garage Informationsblätter herstellte, die zum Widerstand aufriefen. Pläne, wie man wieder an sein Wasser, an sein Land kommen konnte. Weil die Garage dann zu guter Letzt wie ein Klumpen Vogel durch die Luft flog, als man ihm ein Raketengeschoß zum Gruß in die Garage schickte, da man ihn dort vermutete, als er auf der Flucht vor den Wasserdieben war, die ihn wiederum zum Wasserdieb gemacht hatten. Und dieser Klumpen Vogel verteilte, als er seine Flügel öffnete und das Dach mit weiten Schwingen abflog, wie von selbst tausende von Flugblättern. Im wahrsten Sinn wurden sie zu wunderbaren Flugblättern gemacht, flogen durch die Luft und färbten für Minuten den Himmel blutrot, flatterten brennend herab. Ein Feuerregen. Kilometerweit wurden die Blätter durch die Luft getragen, vom Wind zerstreut und erreichten noch nach Wochen wie durch ein Wunder sonst nie erreichte Ziele.

Kassim hatte überlebt. Die feuerfliegende Garage hatte ihn nicht verletzt.

Ihn fanden seine Sucher an der Quelle, die sein Großvater in seinem Acker hatte graben lassen. Man faßte ihn, als er mit blutenden Händen unter dem rußigem Himmel die Stacheldrahtrollen zerschnitt, um den Weg zum Wasser zu befreien.

Für ihn war es der letzte freie Weg auf seinem Land.

Mit Hilfe seiner Familie und einer entsprechenden Summe entging er der lebensbedrohenden Haft und wurde, nachdem man ihn über Monate verhört hatte, außer Landes gebracht. Abgeschoben in das Tal der Nacht.

Zickzackwege auf der Suche nach Frieden. Bis er ihn in dem Land finden sollte, daß seine Väter vor einigen hundert Jahren betreten hatten, um dort die eigene Kultur mit der vorhandenen zu paaren, so daß eine bis in die heutige Zeit ablesbare Vermischung entstehen konnte, die ihm vom ersten Tag an entgegenkam und in ihm Vertrauen weckte. Und er fand in dem Land, einige tausend Kilometer westlich, auf der anderen Seite des Mittelmeeres, eine Landschaft, die der seiner verlassenen Äcker glich. Er fand ein weites, fruchtbares Tal, gesäumt von schützenden Bergen, fern der Strände, dort, wo es wieder anfängt, still zu werden. Es war lieblos beackert und in Vergessenheit geraten. Zwischen den Feldern sah er ein paar einsame Häuser, die jedoch aus anderen Gründen verlassen worden waren, als es in seiner Heimat die Regel war. Dieses Verlassen hatte nicht mit Vertreibung zu tun. Wohl aber mit Einwanderern. Fast könnte man auch von Besetzern sprechen, die entlang der Küste das Land, die Strände, die Hügel am Meer auf ihre Art besetzen. Aus den Dörfern hinter den Hügeln kamen die Menschen von ihren Äckern, um an der Kultivierung, wie es diese Besetzer nannten, mitzuwirken. Wie Goldgräber auf der Suche jagten die Eindringlinge durch die engen Gassen der alten Hafenstädte, um Lücken zu finden, die sie mit ihren Betonbauten schließen konnten.

Kassim schaute sich alles an. Er nahm sich Zeit und reiste mit Muße durch das Land. Überall an der Küste lief er durch die engen Gassen der kleinen Orte. Er sah Menschen in Hast die Straßen füllen. Er sah sie am Strand in Gruppen im Sand in der Sonne sitzen. Er sah die Häuser an den Hängen zum Meer. Doch hinter den Hügeln wurde es still. Das Land lag brach. Es duftete in der Sonne und schlief. Erst auf den hohen Ebenen, viele Kilometer hinter der Küste, zwischen grünen und grauen Bergen, sah er das Land wieder in großen Flächen bestellt.

Kassim nickte, als er alles gesehen hatte, und kehrte zu dem brachliegenden Land zurück, zu dem Acker, den er am Anfang lange betrachtet hatte.

Der Sohn des Bauern war froh, als Kassim

ihm das brachliegende Land mit dem alten Haus abkaufte. Seine Familie lebte schon lange nicht mehr dort. Der Sohn hatte von Anfang an auf die Fremden gesetzt. Über die Jahre waren sie in immer größeren Scharen gekommen, um sich in turmartige Behausungen zu sperren, himmelwärts, der Sonne möglichst nahe. Auf Grundstücken, wo vorher Fischerhäuser standen, wurden Betontürme gebaut, die sich wie befensterte Schornsteine aufrichteten und Weitsicht aufs Meer anboten.

Der Sohn war schlau. Schau dir die vielen Menschen an, sagte er. Alle haben Geld in der Tasche. Alle geben das Geld aus. Du mußt nur aufpassen, daß sie es in deine Hand legen.

Das sagte er und kassierte erst einmal von Kassim das Geld für das Land mit dem Haus, ging zurück in sein Büro und freute sich, daß er das unbequem gewordene Land ohne Meeresblick verkaufen konnte.

Er erzählte es dem Vater, der jetzt täglich im Kaffeehaus saß. Früher hatte der Vater das Land bewirtschaftet. Es war lange her. Der Vater stieß mit ihm an. Er hielt das Glas mit dem Brandy in seinen steifen gekrümmten Fingern. Er sagte nichts. Aber er stieß mit seinem Sohn an, der in einem Zug alles austrank, dem Alten auf die Schulter klopfte und ging.

Damals fühlte Joseph, daß er ein gutes Geschäft gemacht hatte. Er wunderte sich nur, daß es Fremde gab, die keinen Meeresblick wollten. Als er zurück in sein Büro ging, ahnte er, daß Kassim nicht als Tourist gekommen war und daß das Geschäft mit ihm nicht mit dem Verkauf des Landes beendet sein würde. Joseph war ein Händler. Er war neugierig und schlau. Sein Büro war in einem Supermarkt untergebracht, und da die vielen fremden Menschen viele Fragen hatten, hing ein großes Schild über seiner Tür: „Büro für alle Fragen. In allen Sprachen." Durch die Fragen der Fremden lernte er ihre Bedürfnisse kennen. Verschiedene Sprachen machten ihm keine Schwierigkeit. Kassims Sprache kannte er noch nicht. Er war auf seine Fragen gespannt. Er ahnte neue Antworten für neue Geschäfte.

Mit einem Wiegemesser geht sie über Kräuter. Die Stengel knirschen. Sie schiebt die Petersilie, den Koriander, den Dill und die Pfefferminzblätter immer wieder in die Mitte des Brettes, um sie so klein zu schaukeln, bis ein Mus entsteht. Frischer Blattgeruch breitet sich aus. Vom Brett tropft grüner Saft, läuft als Rinnsal über den Tisch und färbt den unteren Rand ihres T-Shirts zu einem gezackten Fleck. Sie schiebt das Mus beiseite, hackt Zwiebeln klein und gibt alles zusammen mit Salz, Pfeffer, Cumin und einem Hauch von Chili in eine Schüssel mit gekochten roten Linsen und einem gewässerten, ausgedrückten Brötchen. Es entsteht ein Schmatzgeräusch, als sie alles mit den Händen kräftig vermengt und zu kleinen platten Bällchen formt. In Sesamkerne gewälzt, werden sie schnell und zischend im heißen Öl gebacken.

Sie öffnet weit die Tür zum Garten. Die warme Luft von draußen mischt sich mit der im Raum und verweht den Duft, der vom Herd aufsteigt. Sie schneidet Stücke von Fladenbrot, höhlt die Mitte mit dem Finger schlitzartig aus, legt ein Salatblatt hinein und gibt die braun gebratenen Falafil dazu. Ein Stück Tomate, eine Gurkenscheibe, etwas Tahinsoße.

So ist es am besten, Lea, direkt aus der Pfanne, heiß und knusprig mit Brot. Das ist eine Mahlzeit wie bei uns die Currywurst vom Stand. Doch Falafil ist ohne Fleisch, besteht nur aus Gemüse und Kräutern, ist daher möglich für Arm und Reich. Du kannst täglich variieren. Anstelle der Linsen nimmst du braune, rote oder weiße Bohnen oder Kichererbsen. Du kannst sie scharf würzen oder nur den milden Kräutergeschmack lassen. Du wirst sie nie leid. Im Gegenteil. Du wirst sie immer lieber essen, je öfter du sie probiert hast.

Sie hat mehrere kleine Brotstücke mit Falafil gefüllt. Sie holt zwei Gläser, gibt Eis hinein, gießt mit Campari auf, ein wenig Wasser, ein paar Spritzer Zitrone.

Die Farbe ist es, sagt sie. Ich trinke das Rot.

Sie setzt sich auf den Küchenstuhl, streicht das Haar aus der Stirn, läßt die Arme entspannt auf den Küchentisch fallen, hebt dann das Glas, kickt das andere an und trinkt einen Schluck.

So habe ich oft gesessen und den Erzählungen zugehört. Die Heimat dieser Menschen ist ihre Erinnerung. Dort, wo sie ihre Blicke gelassen haben, da ist ihre Geschichte.

Kassim hatte zuerst nur einen Stuhl. Das war alles, was in dem Haus geblieben war. Er stellte am Morgen den Stuhl auf den Platz vor das Haus, setzte sich darauf und schaute über sein neues Land. Es war nicht so viel anders, was er sah, als die Landschaft seiner Väter. Er sah die sanften Hügel, terrassenförmig angelegt, mit Bäumen, die auf den Schnitt warteten, die rote Erde in den fruchtbaren Tälern mit Feldern, deren Furchen vom Wildwuchs verwachsen waren, wo sich in den Senken das Grün verdichtete und das Schwarz der Erde eine Quelle vermuten ließ. Am Horizont ahnte er den Dunst desselben Meeres, das auch den Feldern seiner Heimat den Morgentau gab. Sicher sah er auch damals schon die Erdbeerfelder, die dort bald in großen Flächen reifen sollten, roch die Würze zwischen den langen Tomatenreihen, stellte sich die Gemüsefelder, die Spargelbeete vor, deren Ernte den ganzen Markt beherrschen sollte, weil er es verstand, immer um einige Wochen eher zu ernten und schneller zu sein, als viele andere Händler es vermochten. Er sah die brachliegenden Äcker, Weiden und Haine, die an sein Land grenzten, und er dachte an Schafherden, eine Käserei, an Hühnerzucht und Eierstiegen, Hähnchenbratereien, Lastwagen, die verschiedensten Häuser für die verschiedensten Zwecke, Lagerhallen und Büros, er dachte an die Menschen und das dichte Gedränge, das sich über die vielen Kilometer Küste erstreckte, und er dachte an das „Büro für alle Fragen. In allen Sprachen".

Er hatte viele Fragen und Antworten zugleich. Er stand auf und ging.

Die erste Antwort, die er suchte, sollte die einer Frau sein.

Er brauchte eine Frau. Er brauchte Kinder in seinem neuen Haus auf seinem neuen Land.

Er brauchte eine Familie, um in dem neuen Land ein Motiv für eine Heimat zu finden. Die Möglichkeiten, schnell an eine Frau zu kommen, wie er sie sich wünschte, waren nicht sehr groß. Auf jeden Fall sollte sie aus seiner Familie sein, damit er sicher sein konnte, daß die Tradition, so wie sie ihm vertraut war, erhalten blieb. Sie sollte seine Sprache sprechen. Nicht nur in Worten.

In dem neuen Land sah er keine Chance für sich, eine Frau zu finden. Noch war er unbekannt, und er wollte sich weder langwierigen Mühen aussetzen noch auf einen Zufall hoffen. Außerdem mußte er von Anfang an sicher sein, daß die Frau seinen Plänen Vertrauen schenken und bereit sein würde, mit ihm, auch außerhalb der überschaubaren Grenzen, ein neues Leben zu beginnen. Er hatte keine Zeit mehr zu verlieren. Er hatte gelernt, nicht auf das Glück zu warten. Er nahm es gern selbst in die Hand.

Es war auch üblich in der Tradition seines Landes, daß sich ein Mann erst einmal um die Frauen in seiner Familie bemühte. So ist es Brauch in seinem Land. Die Familie ist groß. Die Geschichte lang. Die Verwandtschaft zahlreich und verzweigt. In alten Traditionen verhaftet, die noch bedeutsam sind. Die tiefen

Wurzeln halten zusammen und geben der Familie Sicherheit und Selbstvertrauen. Auch über die Grenzen hinaus.

Doch Kassim war das schwarze Schaf von Anfang an. Die Ideen, die Bemühungen, sein Land zu behalten und zu erhalten, es zu verteidigen, waren auch die Ideen aller Mitglieder seiner Familie. Seine Ideen, besonders aber seine Bemühungen haben der Familie jedoch geschadet, weil er sich dabei hat erwischen lassen, so daß einige, nachdem er das Land verlassen mußte, immer wieder zu Verhören gerufen oder durch Verdächtigungen und die nachfolgenden Untersuchungen geplagt wurden.

Kein Vater gibt seine Tochter einem schwarzen Schaf. Noch dazu in ein fernes, unüberschaubares Land, ohne den Schutz der Familie, die eingreifen könnte, wenn etwas zum Schaden der Frau geschehen sollte. Geheiratet wird die Sicherheit, die man sieht, und vorläufig hatte Kassim davon nur Bilder zu bieten. Er brauchte eine Frau aus seiner Familie mit Mut, die auch in der Lage war, ihm zu vertrauen und das zu sehen, was noch nicht sichtbar war, die frei entscheiden konnte.

Kassim kannte die Möglichkeiten. Er dachte an die Witwen in der Familie. Zwei kannte er recht gut.

Es waren junge Frauen, die, kaum hatten sie geheiratet, kurz nach der Hochzeit zu Witwen wurden. Vielleicht würde eine von ihnen durch das, was sie erlebt hatte, aus eigener Entscheidung gern ihr Land verlassen, da beide Männer durch die Verwicklungen und die Folgen der Fremdherrschaft zu Tode kamen. Beide Frauen mußten erfahren, daß Fremdherrschaft Widerstand bedeutet und Widerstandsbewegung Unterdrückung erzeugt. Unterdrückung, Terror und Gegenterror. Im Terror geht jedes Maß an Menschlichkeit verloren. Auf beiden Seiten.

Die beiden Cousins waren noch Schüler, als man sie ins Gefängnis der Fremden brachte. Es genügte ihr Name auf einer Unterschriftenliste gegen Lehrplanänderungen durch die Zivilisatoren und die Verteilung dieser Handzettel, um sie nach ergebnislosen Verhören zu inhaftieren.

Dort wurde nicht verhört. Dort wurde demoralisiert. Das braucht nur wenige Wochen, nur Tage manchmal. Schnell geht das. Wie die Tiere im Stall werden sie in die Zellen gepfercht, werden die ganze Zeit mit so vielen Menschen in einem Raum sein, daß sie nur stehen, nur abwechselnd schlafen können. Keine Möglichkeit zu entkommen. Zu keinem Zweck kommst du raus. Du hast alles dort in der Zelle zu verrichten. Da braucht die Haft nicht lange zu dauern. Da schafft man viele in kurzer Zeit. Und schweigen mußt du über alles, was dir geschieht, du gesehen oder gehört hast. Du mußt innerhalb und außerhalb der Mauern schweigen. Und wenn es dir draußen nicht gelingt, kommst du wieder rein, bis du das Schweigen gelernt hast. Bis du für immer das Schweigen gelernt hast. Aber auch das Schreien nützt dir nichts. In diesem Land wirst du nicht gehört. In diesem Land verhallt dein Schrei. Sie hören dich schreien und blicken weg.

Sie waren beide hinter den Mauern. Und als die Cousins wieder draußen waren, schwiegen sie lange Zeit. Aber Scham und Schmach ist schmerzhaft.

Der schwarze Pfeil steckte im Bauch, rumorte täglich und ließ ihnen keine Ruhe. Es waren Verletzungen, die nach innen gingen, Verletzungen, die nicht heilen konnten. Die Schreie waren verschluckt und steckten in der Tiefe, bis sie eines Tages aus sich heraus explodierten. In dieser Welt der Herren waren sie noch nicht einmal mehr Knechte. Sie waren ein Nichts. Sie waren einfach nicht vorhanden. Ohne Würde. Ohne Rechte. Das Vieh war vorhanden. Der Acker, der Himmel war vorhanden. Die Feinde, die Bewohner der Nachbarländer waren vorhanden. Diese Feinde hatten ihre Rechte, ihre Idee. Sie hatten etwas zu verteidigen, auf der einen wie auf der anderen Seite hatten sie etwas, wofür sie kämpfen konnten. Man nahm sich wahr, wenn auch als Feind.

Aber sie waren noch nicht einmal mehr Feinde. Ihnen hatte man das Feindsein genommen. Sie hatten nichts mehr zu verteidigen. Man hatte ihnen jedes Recht auf ihr Sein genommen, auf die Selbständigkeit des Handelns und Denkens. Man hat sie lebenstot gemacht. Man hat ihnen den Namen ihres Volkes genommen, damit er in Vergessenheit gerät. Sie haben ihn gegen den Terroristennamen eingetauscht und dafür gesorgt, daß jeder auch außerhalb des Landes bei jedem Knall an das Terroristenland denkt. Sie waren nicht nur ein Volk ohne Land, sie wurden auch zu einem Volk ohne Namen gemacht. Sie wurden das Terroristenvolk. Die Bürger dieses Landes wurden nicht mehr Bürger ihres Landes, sondern nur noch das unbequeme Terrorvolk genannt. Man hat sie zu Gespenstern gemacht. Anwesend Abwesende in einem Geisterland.

Und niemand will es hören. Niemand will es wissen. Aber irgendwann ändert sich die Zeit, und es wird wieder heißen: Und niemand will es gewußt haben? Irgend jemand wird übrig bleiben, der nichts vergessen hat.

Die Geschichte ändert sich wie die Zeit. Grenzen werden sich verschieben, Mauern werden abgebaut. Was zwischen unseren Nachbarländern denkbar geworden ist, entwickelt sich weiter und wird auch für andere eine mögliche Denkart werden. Auch wenn es Zeit braucht.

Wir sehen hin. Und plötzlich sind es Menschen, die wir auf beiden Seiten sehen. Ein Volk aus Müttern und Vätern, aus Kindern, Frauen und Männern. Jung und alt. Es werden Schwestern und Brüder sein, die uns gegenüberstehen und uns in die Augen sehen.

Die Friedensbewegung wird für Eroberer und Besatzer zu einer zwingenden Aufgabe werden. Sie werden die Feinde nicht mehr brauchen, um ihr Handeln zu rechtfertigen, um zivilisieren zu können, um ihr fein ausgeklügeltes Verteidigungssystem anzuwenden. Der Frieden wird Wahrheit sein. Der Frieden wird dem Machtstreben ein Ende bereiten,

Gesetze und Grenzen werden zwingend sein. Der Frieden wird die Waffen vernichten, wird die Feindestracht, den Schutzschild wie ein Hemd ausziehen, alle werden nackt dastehen, zum Menschsein gezwungen, und erkennen, daß auf beiden Seiten Menschen leben, die ein Recht haben, dazusein, mit ihrem Recht auf Recht.

Die beiden Cousins explodierten an einem frühen Herbsttag. Sie waren den ganzen Tag unterwegs gewesen, um in entlegenen Höhlen nach versteckten Waffen zu suchen. Auf den Ländereien ihres Großvaters gab es Höhlen, die seit Jahrhunderten entweder als Vorratskammern, Speicher, Viehställe oder dergleichen genutzt wurden. Es gab Höhlen, die nur einem Familienmitglied oder wenigen bekannt waren, schwer zugänglich und sehr versteckt lagen. Oder auch solche, die zwar bekannt waren, aber wegen merkwürdiger Überlieferungen und aus Aberglauben nie betreten werden durften, deren Nähe schon gemieden wurde. Während des 67er Krieges flohen viele Bewohner in die Höhlen und fanden Zuflucht vor Bomben, Napalm und Raketen. Wenn die Zeit es zuließ, versteckten sie dort ihr Hab und Gut vor Plünderungen, von denen kein Haus verschont blieb.

Erst später wurden die Sieger auch auf die Höhlen aufmerksam. Als die Sucher feststellten, daß es Lohnendes zu finden gab, ließen sie die Höhlen registrieren. Staatlich organisierte Trupps und private Späher machten sich gegenseitig Konkurrenz. Wochen- und monatelang gingen Scharen von Vermessern über das frisch erbeutete Land, erfaßten es auf ihren weißen Meßblättern, aber mehr noch waren sie auf Höhlensuche. Pfadfinderfieber breitete sich aus. Es war die Rede von Schätzen der Kanaaniter, Ägypter, Perser, Griechen, Römer, Türken. Sie alle kamen vorübergehend für eine kurze oder lange Zeit durch dieses Land und hinterließen irgend etwas, das jetzt zu haben war. Ein Gesetz wurde schnell erlassen, so daß wertvolle Gegenstände nicht unbestraft den Platz verlassen durften. Aber es war auch die Rede von versteckten Waffen, die nach dem Einzug der Sieger allen Besiegten verboten worden waren. So suchte man nicht nur nach Messer, Gabel, Säbel, Schwert der Kanaaniter, Ägypter, Perser, Griechen, Römer, Türken, sondern auch nach allem, was gefährlich werden könnte. Und da die Besiegten Freunde großer Messer und scharfen Kebabs waren, wurden die Messer und die Fleischspieße gleich mit eingesammelt. Nichts Scharfes, Spitzes war erlaubt.

Sie wurden fündig. Sie fanden so manche Höhle. Sie fanden den jahrhundertealten Familienschmuck und wunderten sich. Sie fanden Gegenstände in Gold und Silber, Münzen, Antiquitäten in Massen. Sie wunderten sich. Sie sahen unvermutet Stücke von Kultur. Das paßte nicht, das mußte verboten werden. Sie haben nicht zu haben, was sie haben, und wenn sie nichts mehr haben, können sie nichts sein. Können nicht gewesen sein. Es wurde passend gemacht. Sie fanden auch die scharfen Sachen: Waffen, Munition, Kriegsgeräte aus allen möglichen Kriegen, von allen möglichen Ländern. Während die gewinnbringenden Gegenstände mit einem Beutelächeln quittiert wurden, wurden die Waffen, welcher Jahrgang auch immer, mit Waffengewalt abgenommen. Es kam zu Verurteilungen, Haussprengungen, Landausweisungen. Doch die Sammler vergaßen, daß es nicht die Waffen waren, die ein Volk zu Feinden machen. Die Entwaffnung hat sie nicht still gemacht. Sie hätten ihnen die Herzen herausreißen müssen.

Durch die Plötzlichkeit des Krieges überrascht, hatten viele gar nicht die Möglichkeit, ihr Hab und Gut so zu verstecken, daß es unauffindbar gewesen wäre. Doch von dem Großvater der beiden Cousins, der während der ersten Stunden des sechstägigen Krieges durch ein Geschoß starb, wurde erzählt, daß er Waffen und Munition besessen und versteckt hatte, die nie gefunden wurden. Weder in den nur der Familie bekannten Höhlen noch an anderen geheimen Plätzen, die immer wieder aufgesucht wurden. Er mußte alles gut versteckt haben. Er mußte es nicht nur gut versteckt, sondern auch noch die Zeit gefunden haben, alles an einen entlegenen Ort zu bringen. Immer wieder saß man in der Familie zusammen, um das Rätsel über den Verbleib dieser Waffen zu lösen.

Als der Großvater am frühen Morgen vom Anmarsch der Feinde im Radio hörte, glaubte er, es wäre eine der Propaganda-Angstmach-Meldungen, die es täglich von allen Seiten gab, und hatte überhaupt keine Angst, auf seine Felder zu gehen, um zu sehen, wie seine Saat wuchs. Er hatte auch keine Angst, als der Fluglärm stärker wurde. Er nahm es hin. Es gab täglich Manöver, mal mehr, mal weniger.

Er war ein alter Mann.

Er hatte die letzten Jahre der osmanischen Herrschaft miterlebt, die viele hundert Jahre andauerte. Er hatte dreißig Jahre das Englische ertragen. Er hatte vieles mitangesehen. Er wußte, daß man vieles ertragen konnte, auch wenn es unerträglich war. Er kannte die Vergänglichkeit. Doch keiner der Fremden hatte je das Land angerührt. Das Volk mußte Tribute leisten, es wurde ausgebeutet, aber das Land, das Haus, die Würde waren unantastbar geblieben. Der Großvater wußte es von Anfang an. Wer kommt und Häuser baut und Bäume pflanzt, will bleiben. Das wußte der alte Mann. Er hatte die Feinde noch als Freunde begrüßt. Er hatte lernen müssen. Er war auf der Hut.

Er war ein alter Mann.

Jeden Morgen ging er über sein Land. Jeden Morgen roch er die Erde, neigte sich zu ihr und griff in den fruchtbaren Boden, fühlte den Tau und zerrieb den feuchten Klumpen in seiner Hand. Seit Jahren sah er jeden Morgen die Sonne hinter der Kette der Olivenbäume, die irgendein Vater vor einigen Generationen gepflanzt hatte, aus den Hügeln wachsen. Wie jeden Morgen schritt er den Acker ab.

Noch sah er das weite Tal mit der roten, fruchtbaren Erde. Noch sah er auf den gegenüberliegenden Höhen die Häuser seiner Brüder. Noch sah er die Bauern in der Ebene mit ihren Treckern über die Felder fahren und sah die Arbeiter in Gruppen zusammenstehen. Noch war der Schäfer dabei, die Herde an diesem frühen Morgen aus der Ebene den Hügel hinauf in den Olivenhain zu führen, damit sie Schatten finden würde, denn der Tag versprach ein heißer zu werden. Noch schaute er zu den Häusern, die sich im Tal dicht um ein Kloster mit einem kleinen, krummen Turm und die nicht viel anders aussehende Moschee drängten, und hörte das Lärmen der Kinder, die sich in dem kleinen Schulhof zum Frühsport aufreihten. Und noch sah er die Frauen zwischen den Backöfen hin- und herlaufen, die Öfen anzuheizen für das Brot an diesem Tag. Er sah den ersten Rauch schwarz aufsteigen, der sich quer ins Tal legte, trudelte und weiß wurde, bis er wie ein Schleier über den Häusern stand. Er hörte den Bus schnaufen, ehe er seine lange Schnauze mit der aufgeklappten Kühlerhaube über den Hügel kriechen sah. Er blickte durch die geöffneten Fenster in den Bus und sah die Feldarbeiter und die Kinder aus dem Nachbardorf, die gleich aussteigen würden, um lärmend zur Klosterschule zu rennen. Der Bus war spät an diesem Tag.

Es war eine Zwischenzeit des Tages. Die Nacht war alt. Sie war ins Meer gefallen. Der Morgen drängte über die Hügel. Der Morgen war frisch. Es war die Zeit, mit den Notwendigkeiten des Tages zu beginnen, die Zeit, in der er seinen Anfang nahm, der Verlauf aber offen war und bestimmt wurde durch die Handlung eines jeden einzelnen.

Es war auch eine Zwischenzeit in der Natur. Es war die Zeit zwischen der Reife und der ersten Ernte. Die Felder waren prall. Am frühen Morgen wurde der Großvater von dem reifen Geruch hinausgetrieben. Eine Woche noch, vielleicht nur ein paar Tage, und die große Ernte würde beginnen, ehe die Felder ein zweites Mal bestellt werden konnten. Noch einmal ließ er den Blick über die Äcker streifen. Er war zufrieden, und es wird der letzte zufriedene Blick gewesen sein, der auf diesen Feldern geruht haben mag, denn nur einen Augenblick danach war alles anders.

Er drehte sich um, weil er hinter seinem Rücken zwischen dem gewohnten Fluglärm ein dumpfes Dröhnen, ein metallisches Scharren hörte, das er kannte und ihm die Kopfhaut bis in den Nacken hinein spannte, denn er wußte sofort, was da auf ihn zukam. Seine Augen waren pfeilscharf. Die Sonne leuchtete über ein gelbes Feld und beleuchtete den schwarzen Panzer, der sich wiegend über einen Hügel schob. Noch war er nicht größer als die Kuppe seines Daumens. Und doch wußte der Großvater, daß dieses winzige Daumenkuppengroße die Bedrohung seines Lebens war, seiner Familie und all dessen, was ihm auf diesem Land mit all seinen Bewohnern jemals etwas bedeutet hatte.

Er drehte sich um und rannte ins Haus. Seine Frau und seine beiden Schwestern saßen beim Tee. Man hatte ihn in diesen Minuten erwartet, wie an jedem Tag nach seinem morgendlichen Landgang, wie sie es nannten. Nur heute kam er schneller zurück. Miriam briet den Schafskäse in der Pfanne, so wie er es gern hatte. Die kleinen viereckigen Stücke waren goldgelb, und der Geruch von gebackener Butter zog durch den Raum. Das Radio spielte laut. Die krächzende Stimme brachte wie immer Propagandameldungen. Niemand hörte hin. Es war nur ein Geräusch.

Als er in der Tür stand und die Frauen sein Gesicht sahen, wußten sie gleich Bescheid. Es war nur eine Bewegung seiner Arme, und Miriam ließ die Pfanne fallen und die anderen stürzten von dem reich gedeckten Tisch, der später wie durch ein Wunder unversehrt zwischen all dem Schutt stehen blieb und an den sich dann, wie zu einer Einladung in ein gastliches Haus, andere setzten, um nach getaner Arbeit das nicht zu Ende gebrachte Mahl zu verzehren.

Der Großvater rannte die Treppenstufen in das Kellergewölbe hinab, drückte die Frauen in den geheimen Gang, der durch einen kühlen Vorratsraum im Fels zu einer Höhle führte, wo sie sich eine Woche, noch mit anderen Geflüchteten, versteckt halten würden, und holte seine Flinte, die er schon vor dreißig Jahren im Aufstand gebraucht hatte. Dann ging er in den Raum mit den großen Fässern, drehte eins davon auf den Kellergang hinaus bis an die Kellertür, die nach draußen führte, schob es mit seiner ganzen Kraft durch die Tür und ließ es weich in ein Loch fallen.

Erst vor wenigen Tagen hatte er das Loch graben lassen, weil Miriam den Abfall nicht immer aus dem Küchenfenster in den Hühnerhof werfen sollte, wo ihn die Hühner verscharrten und verstreuten, was ihn ärgerte. Das Loch lag direkt unter dem Küchenfenster. Es war groß und tief genug, für einige Zeit die Abfälle zu sammeln. Es war ein gutes Versteck. Notfalls würde er sich hier verschanzen.

Als das Faß im Abfall lag, sprang er hinterher. Er stemmte es auf und fand die Munition, die Pistolen und Granaten unversehrt und gut verpackt. Er lud seine Flinte. Er kannte sich aus. Er steckte eine Granate in die rechte, eine in die linke Tasche seiner Dschellaba. Er nahm zwei. Für alle Fälle. Er wußte, daß er sein Land und seine Familie verteidigen würde. Er wußte, daß alles passieren konnte. Er war bereit.

Die Geräusche in der Ferne wurden stärker. Jetzt müßten auch die Bauern im Tal, der Schäfer, die Frauen, die Kinder, die Arbeiter, der Busfahrer die Geräusche als Bedrohung empfinden. Der alte Mann dachte an sie. Er konnte sie nicht mehr sehen. Er war, auf seine Flinte gestützt, aus dem Loch herausgeklettert und, verdeckt durch die Rosmarinbüsche, wieder auf die Vorderseite des Hauses gelangt.

Vom Hügel hinunter sah er den eben Daumengroßen inzwischen faustgroß auf sich zukommen. Ihm folgten noch zwei weitere Panzer. Jäger am Himmel stachen schreiend durch die Luft, tauchten in das Tal, das er eben noch friedlich betrachten konnte, verfolgten die Trecker und schossen schwarze Geschosse, die wie Pestwolken niederknallten, auf die Wege herab. Die Jäger waren schon verschwunden, ihr Geschrei von der Stille verschluckt, ein atemlanges Nichts, und erst dann dröhnte es stumpf aus der Schwärze. Blitze wie aus einem Erdgewitter, Flammen tropften schwarzen Feuerregen auf die Felder, verbrannten die Frucht und die Menschen, und die Trecker schrumpften und wurden dunkle Klöße.

Der alte Mann sah aus seinem Versteck die angeschwärzte Luft, er roch den Brand der Felder, er hörte das Rasseln der Panzer auf sich zukommen. Er sah sie größer werden. Eine schwarze stählerne Wand.

Das Geschoß des Panzers spürte er wie einen Sturm neben sich. Er hörte das Pfeifen, bevor es krachend nicht weit von ihm in einem Olivenbaum steckenblieb, von dem man sagte, daß er wohl tausend Jahre dort gestanden hatte. Er hörte das Spalten.

Ein Olivenbaum braucht zweiundzwanzig Jahre, um zum ersten Mal zu tragen. Dieser war viele zweiundzwanzig Jahre alt. Er hatte Generationen überlebt. Der alte Mann sah, wie das Geschoß den dicken Stamm durchbohrte, ihn zerriß. Ein Meer von Feuerblüten steckte ihn in Brand und schien heller als das Licht. Dann warf der Baum ächzende Zweige ab. Eine tanzende, brennende Last, die noch am Boden stöhnte, ehe sie zitternd zusammenfiel. Es dauerte nur wenige Minuten, und Jahrhunderte waren zu Asche gemacht. Es blieb ein schwarzglühender Stumpf, der seine Arme brennend in den Himmel streckte.

Der alte Mann nickte. Er war bereit.

Der Panzer kam jetzt panzergroß. Sein Ziel war das Haus. Der alte Mann hinter seinem

Rosmarinbusch sah ihn näher kommen. Die anderen beiden Panzer folgten ihm mit Abstand. Sie fuhren durch den Olivenhain und schaukelten wie Kähne über ein Meer junger Bäume. Ganz ruhig legte er die große Flinte an. Neben dem brennenden Baumstumpf sah er deutlich den dunklen Sehschlitz im Panzer. Er atmete tief ein, atmete langsam und ruhig aus, verharrte in vollkommener Ruhe, zielte und wußte, daß das Geschoß mitten im Herzen des Panzers gelandet war. Es war nirgendwo abgeprallt, zwischen dem Lärm war es unhörbar verschwunden. Ein kurzes Straucheln des Kanonenrohres, der Panzer kam noch einige Meter näher, bis er felsgroß zwischen Rosmarinsträuchern unweit von seinem Gebüsch auf dem Weg zum Tal stehen blieb.

Der alte Mann trat vor den Busch, blickte sich um und sah sein schweigendes Haus. Er versuchte, aufrecht zu gehen. Er wußte, wie wenig Zeit ihm noch blieb. Er war ein alter Mann.

Er ging dem Panzer entgegen. Das schwarze Rohr zeigte auf ihn. Es wurde größer, zu einem riesigen Loch, er konnte hineinsehen. Er hörte die anderen Panzer. Er hörte sie nah. Er konnte sie nicht sehen. Er war im Schatten des ersten.

Der Baum warf seine letzten Flammen ab, glühende Früchte fielen nieder und breiteten sich aus. Ein Feuerweg lief mit dem Wind ins Tal.

Der alte Mann umfaßte fest die Kugel in seiner Hand. Er kniff die Augen ein wenig zusammen, und mit dem Wissen um den richtigen Augenblick zog er die Hand aus der Tasche, brachte es fertig, die Sicherung schnell abzuziehen, und mit der Gewißheit eines Falken warf er die Kugel kräftig und geschickt in sein Ziel.

Das Leben. Das gelebte Leben und die Zeit. Das Land. Die Frau. Die Familie. Die Kinder und die Kinder der Kinder.

Es brannte die Wurzel des Baumes und mischte sich mit dem Feuerblitz, der knallend aus dem Panzer schoß.

Das Haus stand hinter ihm. Noch stand es da. Der alte Mann davor wie eine Fackel, die noch nicht angezündet war. Er sah den zweiten Panzer abdrehen. Er fuhr an dem Haus vorbei und donnerte wütend hinab zu den Bauern, dem Schäfer, den Kindern, den Frauen und den Arbeitern. Über seine brennenden Felder in sein brennendes Tal.

Der dritte Panzer kam direkt auf ihn zu. Er sah seine Schwärze, er sah seine feurige Zunge, die ihn erfaßte, anzündete und mit sich riß, gegen sein schweigendes Haus, in sein klirrendes Haus hinein, das aufzitterte, während er es durchflog, über den gedeckten Tisch mit dem schwingenden Kristalleuchter, und wieder hinausflog auf die andere Seite des Hauses, in die Ruhe der ewigen Nacht.

Kristalleuchten am Tag, helle Klänge, glasfein, bis in das brennende Tal das Bersten der Steine, eine Wolke aus Staub, die das Haus für Minuten versteckte. Danach war es stumm. Ein stummes Haus, an dem zwei mannsgroße Löcher gegen den heißen Himmel klafften.

Der alte Mann lag zersplittert in dem Loch, das er selbst wenige Tage zuvor hatte graben lassen. Am siebten Tag, als die Frauen ihr Versteck verlassen konnten, fand man, was von ihm noch war, zwischen Staub und Schutt im Loch unter dem Fenster. Er wurde mit der Erde seines Landes bedeckt. Es wurde ein Platz, an dem man häufig verweilte und miteinander sprach.

Später trafen sich die beiden Cousins an diesem Platz unter dem Fenster. Von hier aus blickten sie in das weite Tal, über die Haine, die Felder. Sie sprachen von dem Großvater. Sein Tod war die Wende zu einer neuen Zeit. Nichts war mehr so, wie es damals gewesen war.

Der Tag war kühl. Die Dämmerung kam blau. Sie zog hinter den Hügeln herauf und legte sich über den Himmel. Das ging sehr schnell. Danach wurde es noch kühler. Es roch feucht.

Sie gingen nicht in das Haus. Niemand ging mehr in das Haus. Nachdem sie den Großvater gefunden hatten, ging niemand von der Familie in das Haus. Man sagte, die Fremden hätten sechs Tage von dort aus das Tal bewacht. Als danach die Männer der Familie das Haus betraten, soll es nahezu leer gewesen sein. Sie hätten nur noch den Tisch mit den Resten von Miriams Essen darauf gefunden, alles andere hätte man weggetragen, oder es war zerstört. Die Frauen weigerten sich, das Haus zu betreten. Es stand als Denkmal. Wie ein Gerippe stand es da.

Die beiden Cousins trugen trockene Rosmarinsträucher, die wild um das Haus wucherten, zusammen, fanden Äste und Zweige eines alten Olivenbaumes und legten sie für das Feuer bereit. Im Schutz des Hauses mit dem weiten Blick über das Land haben sie gesessen und am Feuer oft die Nächte verbracht. Dieser Platz bekam für viele eine starke, geheimnisvolle Anziehungskraft. Die Schäfer liebten den Platz, da er Schatten am Mittag und Wärme in der Nacht bot und, mit den brachliegenden Feldern darum, für die Tiere zur guten Weidefläche wurde. Die Arbeiter kamen mit ihren Familien herauf, um an den freien Tagen Picknick zu machen. Die jungen Männer aus der Familie trafen sich dort, um Pläne zu schmieden. Nur die Alten der Familie mieden den Ort. Sie kamen nicht mehr.

Die Cousins zündeten die Zweige an, bliesen in das Feuer, damit es schnell und hell brannte, dann legten sie, um Tee zu kochen, ein paar Scheite so in die Glut, daß der Wasserkessel darauf Halt fand. Sie saßen beide neben der Mulde am Feuer, wärmten sich auf und flüsterten. Sie hatten wieder vergeblich nach den Waffen des Großvaters gesucht. War es eine Legende, oder war es wahr, daß der Großvater ein Faß voller Waffen und Munition hatte? Woher hätte er sonst die Granate haben sollen? Und wo, wenn er es hatte, konnte er es damals so schnell versteckt haben? Die Soldaten fanden nur die Flinte im Gebüsch. Sie hatten – bis auf das Grab – das Haus und die Umgebung durchsucht. Sie hatten keinen Zentimeter ausgelassen. Die Cousins hatten jedoch die Großmutter immer wieder von einem Faß erzählen hören. Es ließ ihnen keine Ruhe. Es rumorte in ihren Köpfen. Sie ließen sich zu immer neuen Vermutungen hinreißen. Sie schauten zum Haus, auf das mannsgroße klaffende Loch, das die Rakete hinterlassen hatte. Eine rissige Wunde, durch die sie den Sternenhimmel und den leuchtenden Schein der neuen Siedlung der Fremden erblicken konnten. Nach dem Tod des Großvaters hatten die Fremden in dem alten Olivenhain ihre ersten Hütten gebaut. Das ist unser heiliges Land, sagten die Fremden. Heilig war das Land für alle. Doch die Fremden mußten es besitzen, damit es für sie heilig wurde.

Die Cousins sahen die Signale von den Wachtürmen der fremden Siedlung, die Lichtkreise über die Landschaft drehten. Mit den Augen verfolgten sie die Kreise und sahen die anderen neuen Hausansammlungen wie hüpfende Sterne auf den umliegenden Hügeln durch die Lichtstreifen miteinander verbunden. Während tagsüber das Ausmaß der Zersiedelung zwischen dem Grün der Bäume und Sträucher in der weiten Landschaft unterging, wurde es nachts durch die Beleuchtung deutlich. Die Cousins blickten in die Landschaft und dachten an das Versteck des Großvaters, an die vielen Geschichten, die es darüber gab.

Sie flüsterten. Schürten das Feuer. Der Tee im Kessel duftete. Sie hatten wilde Pfefferminzblätter gepflückt und gaben sie zum schwarzen Tee. Packten Fladenbrot aus ihrem Gepäck, Oliven, Tomaten und weißen Käse. Streuten Zucker in die Gläser, ehe sie den Tee eingossen. Wärmten sich die Hände an den heißen Gläsern. Tranken. Aßen. Sprachen.

Da sie vorhatten, an diesem Platz die Nacht zu verbringen, holten sie ihre Schlafsäcke aus dem Gepäck. Danach schürten sie wieder das Feuer. Es sollte auch die Nacht über wärmen. Sie rammten kräftige Stämme in die lockere Glut, die sie leicht in die feurige Mulde stecken konnten. Die Erde darunter riß, gab ein wenig nach und ließ das Feuerloch tiefer sacken. Das Feuer war jetzt dicht und hell und leuchtete in die Nacht. Es leuchtete bis zu dem Schäfer aus dem nahen Dorf. Der Schäfer hatte den Großvater gekannt, er hatte damals vom Hügel auf der anderen Seite die Panzer kommen sehen und sich in einer nahen Höhle versteckt gehalten, von wo aus er alles beobachten konnte, und hatte überlebt. Er saß oft mit den Söhnen und Enkeln des Alten zusammen und erzählte, was er wußte. Er wußte vieles. Er hatte vieles gesehen.

Die Cousins erwarteten ihn. Sie hörten dem Alten gern zu. Immer wußte er Geschichten, die sie noch nicht kannten.

Sie saßen dicht am Feuer. Sie saßen am Platz unter dem Fenster. Einer stand auf, um nachzulegen. Das Holz lag seitlich am Haus. Die Feuchtigkeit zog den Berg hinauf und zischelte durch die Flammen, so daß die Ränder grün und blau loderten. Glutpunkte flogen aus der Mitte, glühwürmchengleich, und verpufften in der Nacht.

Es ging schnell. Funken schossen hart und steil aus dem Feuer, erstickten das Schreien der Männer. Plötzlich die Farbe des Rots. Die Mulde wölbte sich, die Erde platzte und spie eine riesige Feuerblase aus. Ein Feuerwerk folgte und pfiff tödlich in die Stille der Nacht. Die schwarze Erde stöhnte und türmte sich zu spitzen Säulen. Risse zogen Narben in den Acker und spalteten ihn meterlang. Das Rot tanzte auf und ab und floß in ein rauchendes Meer. Das Feuer tobte weiter, es fraß die Büsche und lief den trockenen Acker hinab.

Die Beobachter waren sofort da. Sie hatten das Feuer in der Nacht gesehen. Sie kannten die Feuerstelle. Sie hatten Scheinwerfer durch das klaffende Loch im Haus geschickt. Sie wußten, wer sich dort aufhielt. Sie beobachteten alles. Als die Funken aus dem Feuer knallten, machten sie sich auf den Weg. Sie fuhren im Jeep. Sie brauchten nicht lange.

Sie fanden den einen nicht weit von dem feurigen Loch an dem Platz unter dem Fenster. Sie fanden den anderen sprachlos daneben, das entsetzte Gesicht in die Erde gegraben. Als er taumelnd in die Nacht hinauslief und die erschlafften Arme nicht heben konnte, erschossen sie ihn auf der Flucht.

Man hatte zwei Terroristen ertappt, ein Waffenlager ausgehoben, eine Flucht verhindern können.

An dem Platz unter dem Fenster klaffte erneut ein tiefes Loch. Das Versteck des Großvaters war gefunden.

Der Schäfer hatte aus der Ferne auf seinem Weg den Hügel hinauf ein zweites Mal das Grab entstehen sehen. Er kehrte tief gebeugt in sein Dorf zurück.

Die Holzkohle hat gleichmäßige Glut. Sie ist auf die Terrasse gegangen, um sie im Grill zu verteilen. Reibt Spieße mit Öl ein und sticht abwechselnd durch Fleisch, Zwiebeln und Paprika. Gehacktes Fleisch, kräftig gewürzt mit viel Petersilie, geriebener Zwiebel, rollt sie auf dem Brett zu einer dünnen Wurst und legt alles auf den Rost vom Grill. Sie kehrt ins Haus zurück.

Ich habe diese Geschichte oft gehört, Lea. Wie all die anderen auch. Sie erzählen sie immer wieder, damit nichts in Vergessenheit gerät. Es gibt Abende, an denen das Erzählen kein Ende nimmt. Wo aus jeder Geschichte immer wieder neue Geschichten entstehen. Die Jungen fragen die Alten, wie es war. Die Kinder lauschen, hören zu und fragen, wie es sein wird. Die Männer reden von Taten. Die Frauen sind die Mütter der Gedanken und geben ihre Sehnsüchte an die Kinder ab. Ein Land voll suchender Kinder, voll redender Männer, voll mutiger Frauen und voll wartender Witwen. Es gibt viele Witwen in diesem Land. Es gibt auch viele Witwen auf Zeit, weil ihre Männer Jahre im Gefängnis verbringen oder manchmal einfach verschwinden. Die Frauen sind geduldig in diesem Land. Sie haben das Warten gelernt und gelernt, mit Zuständen fertig zu werden. Sie sind die Seele des Landes.

Als beide Frauen durch die vergrabenen Waffen des Großvaters und durch Waffengewalt der Fremden zu Witwen wurden, gingen sie zurück in den Schuldienst, um mit dem verdienten Geld ihre Familie zu unterstützen. Sie waren jung und hatten die Hoffnung, daß sich alles einmal ändern könnte.

Seine Hoffnung und sein Spürsinn führten Kassim auf den richtigen Weg. Als er den

Mokka ausgetrunken hatte, wartete er nicht länger, er hatte gehört, was er hören wollte. Er stand auf und ging.

Beide Frauen waren also bereit, wieder zu heiraten. Das hatte der Onkel bestätigt. Eine der beiden würde es wagen. Das glaubte Kassim bestimmt. Beide Frauen waren in seinen Gedanken, als er sich auf die Reise zur Grenze seines Landes machte, das er als Ausgestoßener nicht mehr betreten durfte. Der Onkel hatte sich zum Fürsprecher erklärt. Kassim erwartete die Antwort bei Verwandten im Nachbarland.

Die Antwort kam mit dem Onkel. Die Antwort lachte ihn aus.

Der Onkel erzählte. Die erste sah Kassim draußen vor der Tür wie einen Bettler stehen. Nicht nur die Grenze lag zwischen ihnen. Sie kannte Kassim. Alle kannten ihn. Er war ja bekannt. Als sie zur Schule ging, hütete er die Schafe. Ein Schäfer. Als sie studierte, beackerte er sein Land. Ein Bauer. Als sie heiratete, flog sein Haus in die Luft. Er hatte sich erwischen lassen. Ein Dummkopf. Als ihr Mann starb, war er in einem fremden Land. Ein Ausgestoßener. Und jetzt stand er an der Grenze mit nichts in der Hand als einer Idee, wie die Zukunft in dem fremden Land, auf einem noch brachliegenden Stück Acker sein könnte. Ein Märchenerzähler. Davon gab es viele in ihrem Land. Sie lachte. Die Möglichkeitsform interessierte sie nicht. Sie liebte klare Bilder und sah, was es zu sehen gab. Nichts. Sie sagte nein und der Onkel ging.

Das kostete Kassim einen ganzen Monat Zeit, ehe er die zweite fragen konnte.

Er hatte auf Daliah gehofft. Daher hatte er sie zuerst gefragt. Er kannte sie schon als kleines Mädchen. Er sah sie stundenlang mit ihren Geschwistern auf der Veranda über Bücher gebeugt. Später sah er sie oft auf dem Land bei der Großmutter lernen, während sie studierte. Immer hatte sie Mappen unter dem Arm. Immer blickte sie lächelnd, wenn er sie sah. Immer fing er ihr Lächeln auf und lächelte zurück.

Er wußte, daß sie wußte, was sie wollte, und hatte sich gewünscht, daß sie es auch von ihm gewußt und ihm Glauben geschenkt hätte. Doch Daliah liebte die Sicherheit, die sichtbar war. Und nachdem Kassim sein Land verlassen hatte, hatte er für sie auch ihren Lebensraum verlassen. Sie lachte. Ein Schäfer, ein Bauer, ein Märchenerzähler mit einem Stück Acker in der Fremde. Sie lachte auch über Mona, die einen Monat später ja sagte.

Mona hatte Kassim schon immer bewundert. Als sie zur Schule mußte, machte er einen Bogen darum und ging seiner Wege. Als alle studierten, kümmerte er sich um das Land. Er war nicht bei denen, die Sprüche machten, er griff zu und verteidigte das Land mit seinen Händen, während die anderen zusahen und Reden hielten.

Als er das Land verlassen mußte, war er auch dem ewigen Terror entkommen. Monas Wunsch nach Frieden war groß. Auch der Wunsch, das Land nach dem Tod ihres Mannes zu verlassen, wurde immer größer durch den täglichen Druck, dem sie sich ausgesetzt sah.

Eine große Schleife zitterte auf ihrem Kopf, das war es, was Kassim sah, als er an Mona dachte. Auf der Hochzeit ihrer älteren Schwester hüpfte sie den Gästen entgegen und führte sie zum Brautpaar. Die Schleife im Haar war so groß wie ihr Kopf. Die Bänder reichten fast bis zur Taille. Steif schaukelnd flatterten sie hinter ihren Bewegungen her, standen seitlich ab, blähten sich auf. Der König und die Königin gaben ein Fest, Mona spielte Prinzessin auf der Hochzeit der Schwester. Ihre Märchenwelt war bunt. Die Schwester lachte, der Bräutigam war König.

Die Mutter schaute der Prinzessin zu. Es war einmal, es wird sein, ich bin Prinzessin, rief das Kind und tauchte in das Spiel.

Schon lange nicht mehr. Sie konnte sich kaum erinnern. Das Spiel war schnell vorbei. Eine kurze Zeit. Und aus der Zeit danach versuchte sie sich zu retten, um der Hoffnungslosigkeit zu entkommen. Weit weg von dem Land der Trauernden.

Mona sagte ja. Die anderen lachten.

Die Hochzeitsfeier war kurz. Ein schmaler Tisch an der Grenze zwischen der alten und der neuen Heimat. Die Mutter, der Onkel, ein paar Verwandte. Ein stummes Fest. Dann flogen Kassim und Mona davon.

Traumwahrheiten am Ende der Reise. Stille lag über dem Tal und bedeutete nicht die Ruhe vor dem nächsten Schrecken, sondern Frieden. Mona trat aus dem Haus und wußte, daß es morgen so sein würde wie heute. Die Ruhe bedeutete Frieden, und sie fing an zu lächeln, erleichtert bei dem Gedanken in die Zukunft hinein.

Kassim stellte Stühle auf seinen neuen Acker vor sein neues Haus, setzte sich auf den Stuhl, den er in dem Haus gefunden hatte, und sprach mit Mona an seiner Seite zu den wenigen Gästen, dem Sohn des Bauern, Joseph, dessen Vater und einigen Cousins und Landarbeitern, die ihm in das neue Land gefolgt waren. Mona blickte auf die grünen Hügel, auf die rote Erde in den Tälern und ahnte am Horizont dasselbe Meer, das sie aus der Heimat kannte. Auf dem Tisch lag das selbstgebackene Brot, selbstzubereiteter weißer Käse, die Oliven des Landes, Gemüse vom eigenen Acker. Für das Mahl hatte Kassim ein Lamm geschlachtet, der Duft der Kräuter wehte vom Grillplatz herüber, Früchte und Süßigkeiten standen bereit, sie tranken den Wein, den Kassim aus dem Faß in Karaffen füllte. Alles war ihr vertraut, das fremde Land war gar nicht fremd, sie war im Frieden zu Hause. Sie lächelte in den langgezogenen Tag und reichte Kassim später den Mokka mit dem dicksten Schaum.

Kassim sprach von seiner Familie, von seinem alten und neuen Land, von seinen Ideen, seiner Arbeit und von dem, was sie bald von diesem Tisch aus sehen sollten. Alle hörten zu. Alle nickten, und der alte Bauer und sein Sohn reichten Kassim die Hand.

Kassim sah alles vor sich. Seine Vorstellungen kamen nicht aus seinen Träumen. Sie kamen aus der Erinnerung. Er wurde nicht müde, darüber zu reden.

Rosen sollten an dem Weg von der Straße bis zu seinem Haus wachsen.

Und Rosen säumten den Weg. In allen Farben wuchsen sie prächtig und bildeten einen duftenden Gang zu seiner neuen Terrasse.

Ein Brunnen sollte gebaut werden.

Das Wasser des Brunnens plätscherte aus einer mannshohen Steinpalme, floß über gefächerte Blätter in ein glänzendes Becken hinein.

Weinpflanzen sollten über die Terrasse geführt werden, am Haus emporranken und im Sommer Schatten spenden.

Und bald hingen die Früchte erntereif durch den Blätterbaldachin. Gefiltert fiel das grünliche Licht auf einen großen Tisch darunter, an dem am Abend alle Platz finden sollten. Nur ein alter Stuhl in der Mitte sollte nie ausgewechselt werden. Von ihm sollte der Blick über die Landschaft gehen, und von dort aus sollte alles, je nach Jahreszeit, sichtbar sein. Die Erdbeerfelder im Frühling, die langen Tomatenreihen, die Gemüsefelder, die Obstbaumhänge, die Olivenbäume mit den Schafen und Ziegen darunter und dazwischen die zierlichen Mandelbäume. Auf der anderen Seite des Tals, dort, wo die Hügel sich zu Bergen türmen, im Schatten langgestreckter Gebäude, die Lagerhallen, die Käserei, die Hühnerzucht.

Nie sollte ein Baum oder Busch vor der Terrasse den Horizont verdecken. Am Horizont sollte man den Dunst des Meeres ahnen, das Kassims alte Heimat mit der neuen verband. Und man ahnte den Dunst des Meeres, man roch das Meer in den Abendstunden, wenn der Wind rauschend durch die Pinien strich, und auch am frühen Morgen, ehe die Sonne aufging und eine frischen Brise über das Land schickte.

Dann saß Kassim auf dem Stuhl und wartete, bis die Sonne sichtbar wurde und alles für wenige Minuten glänzend beleuchtete, ehe er sich auf den Weg machte zum Meer, hinab in die Straße mit dem „Büro für alle Fragen. In allen Sprachen", das er mit Joseph, dem Sohn des Bauern, um vieles erweitert hatte.

Aus dem schwarzen Schaf war ein goldener Hahn geworden. Er wußte es und lachte darüber. Er setzte sich jedesmal auf seinen Stuhl und lachte darüber. Aus Freude. Und zeigte mit dem Arm auf sein Land, das sich wieder um einen Hügel oder ein Tal erweitert hatte. Er hatte Freude zu zeigen, daß es ihm gelungen war, seine Wünsche zu verwirklichen. Denn niemand außer Mona hatte ihm geglaubt.

Eine flache Glasschale füllt sie mit Wasser,

legt die restlichen Weinblätter schuppenförmig hinein. Bei dem Gang durch den Garten schneidet sie halbgeöffnete Blüten von Rosen, Margeritensterne, etwas Lavendel. Auf der Bank ein Platz zum Verweilen. Der Nachmittag senkt sich. Die Sonne legt gesprenkelte Hells durch ein Blätterdach. Gegenüber wellt sich ein reifes Kornfeld um den Hügel, verschiebt seine Farben im Wind. Kleine Wolken setzen Schattenflecken, fliegende Bilder verdunkeln die Farbe für Augenblicke.

Ich könnte die Lider senken vor dieser Augenfülle, sagt sie. Diese Üppigkeit der Jahreszeit macht trunken. Wie schwerer Wein. Alles riecht gärig in dieser Zeit. Jedesmal stehe ich fassungslos davor, könnte darin versinken. Oder wünschen, sie für einen Moment zu vergessen, um sie wieder neu entstehen zu lassen, zu sehen. Diese Üppigkeit strapaziert die Sinne. Diese plötzliche Gewalt der Natur, die jedesmal ihre Grenze riskiert. Jedesmal die Angst vor dem Scheitern. Diese betörende Landschaft, die in der Lage ist, die eigenen Wunden zu verstecken.

Die Katze kommt aus dem Gebüsch. Auf hohen Beinen geht sie durch das Gras, umstreicht die Bank, ehe sie auf den Schoß springt, sich ein Nest dreht und hineinrollt.

Blicke aus dem grünen Augenspalt, dann legt sie eine Pfote über ihre Augen und beginnt zu schnurren.

Als Kind habe ich versucht, mir zu einer bestimmten Stunde eine bestimmte Blüte zu merken. Den Geruch einer Lilie, ihren Anblick an einem Tag, um ihn nie zu vergessen. Ich bin auf mein Zimmer gelaufen und habe mit geschlossenen Augen versucht, die Blüte zu sehen, zu riechen. Habe sie in der Nacht zu meiner Erinnerungsblüte gemacht, aus Angst, sie könnte am nächsten Tag vergangen sein, aus Angst, sie könnte nicht wiederkommen im nächsten Jahr, aus irgendeinem Grund für immer verschwinden und vergangen sein und über den Winter hinaus auch von mir in Vergessenheit geraten und zu einem weißen Fleck werden.

Sie nimmt den Korb mit den Blüten und steht auf. Die Katze springt aus dem Schlaf heraus und verschwindet in dem Gebüsch, aus dem sie gekommen war.

In der Küche werden die Blüten in die Schale zu den Weinblättern gelegt. Das Rot der Rosen, das Weiß der Margeriten, das Blau des Lavendels, die grünen Blätter. Eine Sommerschale, sagt sie und stellt sie auf den Tisch. Der Duft der Speisen, der Kräuter, der Blumen in der Wärme des Nachmittags.

Sicher werden Mona und ihre Schwester auch so zusammengesessen und hantiert haben, als sie anfingen, die Hochzeit zu planen.

Kassims Tisch wurde größer. Er konnte bald nicht nur seine Kinder aufwachsen sehen, sondern bot auch denen aus der Familie Platz, die, wie er, das Land verlassen mußten. Es kam Monas Bruder Antonius, der sich nach seinem Studium im Ausland in seinem Land nicht mehr frei bewegen konnte. Sein Land war für ihn eine verschlossene Tür. Er war unerwünscht in dem geteilten Land. Er war es auf beiden Seiten. Er brachte nicht nur sich in Gefahr, sondern durch sein anderes Denken und Handeln auch die Familie. Im Ausland hatte er gelernt, frei zu denken. Von außen sah alles anders aus. Von außen sah er auf beiden Seiten ein geschundenes Volk und versuchte zu vermitteln. Die Völker sind durch dieselbe Krankheit miteinander verbunden, sagte er und sah die Heilung im Gespräch. Im Miteinander fand er draußen Aufmerksamkeit, Zuhörer, Verbündete. Sie informierten, schrieben, klärten auf. Doch was außerhalb der Grenzen möglich war, wurde zur Gefahr, als er wieder hinter den Grenzen war. Die Mauern waren gewachsen während seiner Abwesenheit. Er sprach eine Sprache, die nicht verstanden wurde.

Es gibt eine Sprache, die alle verstehen, sagte er. Wenn man Frieden sagt und Frieden will, wird jede Sprache verständlich sein. Er wurde nicht verstanden. Er wurde unbequem. Auf beiden Seiten riskierte er zuviel. Das Wort Frieden erzeugte Angst, stellte eine Bedrohung dar, weil niemand bereit war zu geben.

Es dauerte nicht lange, da blickten ihn seine Freunde wie einen Fremden an, und bei den Fremden hatten ihn die Reden verdächtig werden lassen. Er hatte sich täglich zu melden. Er hatte täglich um seinen Aufenthalt zu bitten.

Das heißt, sie lassen ihn tanzen. Ein Tanzbär. Er dreht sich im Kreis. Er windet sich, und alle schauen zu. Täglich hat er sich zu melden. Täglich hat er sie zu bitten. Er kommt heute, und morgen haben sie ihn vergessen, und er muß sich wieder in Erinnerung bringen. Er muß seinen Namen aufsagen. Den Namen seines Vaters. Erinnere dich. Sie lassen nicht locker. Sie wollen es immer und immer wieder hören. Die ganze Litanei. Täglich muß er sein Gedächtnis auskehren. Muß es umstülpen und märchenhaft erfinden, damit sie gläubig werden, damit sie zufriedene Gesichter zeigen, damit sie ihn gehen lassen, damit sie satt werden. Sie werden es nicht. Haben sie etwas, wollen sie mehr. Kommt er am Morgen, ist ihnen der Nachmittag lieb. Der Nachmittag wird auf den Abend verlegt. Er hat zu warten. Tag für Tag. Sein Bauch wird ganz hohl werden. Die Wut ein dicker Klumpen. Und wehe, er führt sein Tänzchen nicht zu ihrer Zufriedenheit auf, darauf warten sie. Wiederholung. Wiederholung. Tanz, Bär, tanz! Sie ziehen an dem Fell, bis er nackt dasteht. Doch es reicht noch nicht. Was wollen sie sehen, da er schon nackt dasteht? Entblößt. Sie sehen das Gewitter in ihm und warten auf den Blitz. Das Donnern erledigen sie. Blitzschnell. Sie haben ihre eigene Blitzabwehrtechnik. Fein ausgeklügelt und klug erfunden. Ihre Technik ist perfekt. Bei ihnen ist alles immer perfekt. Das Gewitter schüren sie. Sie brauchen die schweren Wolken, den düsteren Schein, den täglich bedrohlichen Wetterbericht. Er verteidigt ihr donnerndes Handeln. Seht her, die geballten Wolken lasten schwer auf uns, man muß sie vertreiben. Vertreiben! Und alle nicken wieder. Nicken. Die Wolken sind ins Auge springend. Keine Fragen nach den gewittrigen Strömungen, aus unterschiedlichen Richtungen. Sie sind nicht entstanden, sie sind da. Keine Frage. Keine Antwort. Alle nicken und neigen sich im Wind. Auf den Blitz warten sie. Lauernd. Er wird kommen.

Sie sind vorbereitet. Also wird er auch kommen. Ist das Gewitter da, kommt der Blitz. Und dann setzen sie ihre erlösenden Donnermaschinen ein. Toben sich aus. Erzeugen neue Strömungen, neue Gewitter. Niemand entgeht den dunklen Wolken. Sie schweben über jedem, auch wenn er das Gewittergebiet verlassen hat. Sie sind da. Mischen sich ein. Die dunkle Wolke hat riesige Augen und notiert die Wege wie Spuren, weil man aus einem Gewittergebiet kommt.

Die Weite zwischen den Kontinenten, die Spanne zwischen Morgen und Abend reichte nicht aus, den dunklen Wolken zu entkommen. Für Antonius gab es sie überall.

Riesenaugen waren zur Stelle, als er im Ausland den Mund aufmachte. Sie blickten auf ihn, als er von seinem Land erzählte, Aufsätze schrieb und verteilte. Als er mit Kameraden Geld sammelte für die in die Lager Vertriebenen, die niemand sehen mochte, weil niemand hinsehen wollte, da man anderes Elend wiedergutzumachen hatte und das Elend der Elenden störte und nicht paßte. Die leben so. Wie die leben, sind die. Sonst wären die anders. Elend darf nicht Elend sein. Elend bei Elenden ist selbstverschuldet, verabscheuungswürdig und kein wirkliches Elend. Anspruchs-

volle Selbstverschulder. Eine Last für andere.
Der Einsatz lohnt dort, wo Elend durch unsere
Hilfe edel wird. Schaut her, hier lohnt es sich.
So muß es sein. Und schon schrumpft das
Elend der Elenden unter edler Betrachtung
zum Nichts. Befreiung von Schuld.

Es half ihm nichts, daß er draußen auch bei
den Feinden Freunde und Verbündete hatte.
Im Land hinter den Grenzen galten andere
Gesetze.

Als Antonius wieder in sein Heimatland
zurückkehrte, war er nicht nur ein fertiger
Ingenieur geworden, er war auch durch seine
politische Informationsarbeit, durch die
Friedensbewegung, der er angehörte, für die
Kontrolleure und seine Landsleute ein fertiger
Störenfried geworden, denn die Wolken hatten
keine Löcher, das Wolkennetz war dicht und
bereit für ein neues Gewitter.

Der Blitz jedoch kam unverhofft. Er kam
an einem heißen Nachmittag vom meerblauen
Himmel. Antonius hatte sein Tänzchen beim
Gouverneur bereits aufgeführt, und danach
war es Zeit gewesen, eine Nichte und einen
Neffen von der Schule abzuholen. Niemand
ließ die Kinder, besonders die Kleinen, allein
auf die Straße. Die Gefahr der Straße war unübersehbar. Es war seit Jahren so gewesen, daß

morgens der Fluglärm die Stille des Landes zerriß, die Jäger in der Früh über die Hügel brüllten, den Tiefflug probten, Pirouetten drehten über Minarette, Kirchturmspitzen und Schulen hinweg, in der die Lehrerin und der Lehrer sich die Stimmen zerschrien.

Scherbenübersäht die Straßen. Die Scheiben der Fenster zersprangen, und nachdem sie immer wieder zersprangen, wurden Plastikfolien an die Gitter gebunden.

Seht, seht, so leben die. Nicht mal Scheiben. Nicht mal Scheiben.

Und mittags zum Schulschluß Panzerpatrouille auf den entsetzten Straßen. Die Kinder nahmen Steine und warfen sie gegen die Ohnmacht. Sie schleuderten die Wut auf die Hoffnungslosigkeit ihrer Väter, drehten das Gewitter um, erschlugen die Blitze mit ihrem Donner und riefen mit unbequemer Stimme. Die Kinder der Hoffnungslosen setzten sich zur Wehr. Wollten nicht länger hoffnungslos sein. Verdammten die Mutlosigkeit und schlugen die Angst tot.

Wer wollte da noch Stille halten? Der aufgetürmte Berg geriet ins Wanken. Die Steinlawinen verließen ihren Platz. Die Kinder brachten Bewegung in die Todeslandschaft. Nach der Lähmung der Alten fingen sie zu handeln an.

Zu dem wütenden Zittern der Mütter kam das stolze über das Klappern der Schuhsohlen ihrer sich wehrenden Kinder, kam aber auch das ahnungsvolle, wenn sie die Schreie der Verletzten und die Klage über die Toten hörten. Die aufschlagenden Steine waren die Lockrufe der Kinder, denen sich selbst die Kleinsten nicht entziehen konnten. Die Mütter beteten für die Hoffnung aus Angst in einem Land der hilflosen Väter. Sie beteten für die Rettung durch und für die Kinder. Vorbei die Zeit der Ohnmacht, der Demütigung und der Scham.

Die Mütter zitterten. Ihr lachendes Zittern, ein stolzes Pferd.

Die Lockrufe der Kinder gingen von Haus zu Haus. Sie fingen die Kleinsten auf, kaum waren sie den Wiegen entwachsen. Genährt mit den Sorgen der Alten, befreiten sie sich aus ihrem Schoß. Ein anderes Leben, riefen sie freudig und sangen und tanzten und kämpften gegen die Gefahren der Straße und wurden zu einer neuen Gefahr der Straße. Viele Mütter gaben sie frei.

Doch um die Kleinsten zu schützen, schickte man den Vater, den Bruder, den Onkel vorbei und brachte sie vom Kindergarten, der Schule nach Hause, in der Hoffnung, daß Gefahren umgangen werden könnten.

Als Antonius eine Nichte, einen Neffen von der Schule abholte, war es ringsherum still. Er hielt ihre Hände. Sie gingen die schmale Schulstraße hinab. Die Häuser waren hier höher als sonst in der Stadt. Der Himmel bog sich warm darüber, und die Sonne zog einen hellen Strich über die dunklen Hauswände. Mittagsgeruch. Durch die geöffneten Fenster klapperten die Küchengeräte. Krächzmusik aus Transistoren. Die Kinder kickten abwechselnd eine Coladose vor sich her, die scheppernd die Straße hinabrollte. Das kleine Mädchen balancierte als Seiltänzerin über die Fugen der Steinplatten. Die Coladose traf sie im Flug.

Sie bogen ein kurzes Stück in die Hauptstraße ein, die zum Markt führte. Die Geschäfte waren müde, einige hatten die Eisenrollos herabgelassen, lagen im Schlaf. Sie überquerten die Hauptstraße, ließen sie hinter sich und bogen in die Straße den Hügel hinauf, mit der Friedhofsmauer zu beiden Seiten. Über die hohen Mauern sah man das Grün der Tamarisken. Die Straße war schmal. Sie teilte den Friedhof in den alten und den neuen.

Antonius hörte das Geräusch erst sanft. Es war noch hinter dem Wäldchen, das vor der Stadt lag. Dennoch war es zu hören. Es wurde schnell lauter, und sofort spürte er das Dröhnen der Erde wie eine Drohung nahen. Er empfand es so, obwohl er eigentlich daran gewöhnt war, da die gepanzerten Fahrzeuge täglich mehrere Male die Stadt durchfuhren. Er blickte sich um. Gerade kamen sie aus dem Wäldchen heraus. Sie waren zu dritt. Sie fuhren hintereinander in schneller Fahrt die Hauptstraße entlang.

Sie hatten eben die erste Friedhofsmauer erreicht, als über den Rand die Steine flogen. Er hörte das Schlagen der Steine gegen die gepanzerten Wagen. Er sah brennende Reifen rollen. Der schwarze Rauch zog als stinkende Wolke die Straße hinauf. Er sah Jugendliche über die Mauer springen und Steine werfend den Fahrzeugen entgegenlaufen. Einen Moment verzögerte sich das Geräusch der Wagen, dann sah er zwei von ihnen in seine Straße einbiegen.

Antonius nahm die Kinder fester an die Hand und rannte die Straße hinauf. Es gab keine Fluchtmöglichkeit. Die Mauern zu beiden Seiten waren hoch. Schon bald hatten ihn einige Jugendliche erreicht und liefen Parolen schreiend an ihm vorbei. Sie waren trainiert. Sie waren schnell. Das Geräusch der Panzerwagen raste durch seinen Kopf. Die Kinder an seiner Hand stolperten. Sie waren unfähig, eigene Schritte zu tun. Er nahm sie beide unter die Arme. Die Straße ein Tunnel. Der Himmel ein rauchender Turm. Seine Schuhe aus Stein, als ob sich mit jedem Schritt die Entfernung vermehrte. Die Kinder in seinen Armen waren steife Päckchen. Sie hatten aufgehört zu schreien.

Die Jugendlichen überholten ihn. Ein Schwarm flog an ihm vorbei und war längst hinter der Friedhofsmauer verschwunden, als er endlich die Ecke erreichte. Er sah sie nicht mehr. Wahrscheinlich hielten sie sich hinter den Grabplatten und Basilikumbüschen versteckt. Er bog um die Ecke in den schmalen Pfad, sah die Nische in der Mauer. Die Pforte. Die eiserne Pforte schwang noch von der Bewegung der Steinewerfer. Drohender Lärm war dicht hinter ihm. Antonius wagte nicht, sich umzublicken.

Er hörte ein Geschoß wie eine dicke Blase platzen. Es pfiff durch das Friedhofsgebüsch. Unter seinen Füßen wackelten die Steine. Das Knirschen in seinem Rücken war das Zusammenbrechen der Mauerecke. Die gepanzerten Wagen hatten die Ecke der Mauer einfach umgefahren, weil sie ihnen im Weg war und sie sonst nicht die Kurve in den Pfad geschafft hätten. Der Mauerrest an seiner Seite, ein be-

bender Echsenrücken. Die geöffnete Mauer, ein gefräßiges Maul. Antonius sah es aus den Augenwinkeln.

Die Kinder. Antonius hob sie über die schwingende Pforte. Fremde Hände ergriffen sie und nahmen sie ihm ab. Er sah, wie sie davongetragen wurden. In Sicherheit, dachte er, blickte sich um und sah den ersten Wagen direkt hinter sich. Ein paar Sekunden schien er zu stoppen, dann korrigierte der Fahrer lautstark seine Fahrtrichtung, um den Weg an der Mauer entlang fortzusetzen.

Die Fahrer trieben ihr Spiel. Antonius erinnerte sich an ein jungenhaftes Lachen auf dem Wagen. Der, der neben dem Fahrer stand, bewegte sich zum Rhythmus des Wagens, wiegte die Hüften wie im Tanz. Die Wagen schoben die Steine der Mauer vor sich her.

Antonius griff zum Flügel der Pforte, um sie hinter sich zu schließen, sie zuzuziehen, sich abzugrenzen. „Allah" stand auf der Pforte und „Nur Gott ist unsterblich". Schmuckbuchstaben, ineinander verschlungen. Sie waren groß, reich verziert und hielten die Pforte zusammen. Gott oder Allah streckte den Arm nach ihm aus, ergriff seine Hand und hielt sie fest, zerrte am Ärmel und ließ nicht los.

Als die Steine sich knirschend aneinanderrieben, war Antonius nicht schnell genug. Seine linke Hand geriet zwischen Pforte und Mauer. Steine stemmten sich gegen das eiserne Tor. Der Wagen hatte sich in die Mauer verkeilt und drückte mit Wucht den Flügel der göttlichen Pforte in die nächste steinerne Wand. Die göttliche Eisenhand behielt seine greifende Hand. Alles ging sehr schnell.

Man fand Antonius später am Rand des Todes. Seine Hand lag neben ihm. Noch immer hielt sie den eisernen Gott in den steifen Fingern.

Ich habe Gott die Hand geschüttelt, und er hat sie behalten. Als Pfand. Der Rest kommt später, sagte Antonius und lachte, als ich ihn traf. So lernte ich ihn und seine Familie kennen.

Er lag in dem Krankenhaus, das ich manchmal mit einem Freund besuchte. Wir sprachen dort mit den Patienten. Eine befreundete Rechtsanwältin aus dem Feindesland, die wie Antonius in der Friedensbewegung arbeitete, kümmerte sich um ihn. Setzte sich für ihn ein, denn die dunklen Wolken hatten ihn nicht verlassen.

Antonius steckte mitten im Gewitter. Im Krankenhaus wurde er versorgt. Seine Ruhe fand er nicht. Er gehörte zu den Unbequemen, die man gern entlassen würde. Er hatte sich unbeliebt gemacht. Er predigte den Frieden und schaffte sich Feinde. Er wurde zur Gefahr.

Der Haß muß aufhören, sonst nimmt das nie ein Ende, sagte er. Das machte ihn verdächtig in einer Zeit, da der Frieden nur für eine Handvoll Spinner existierte und in dem Machtgefüge als Bedrohung empfunden wurde. Er wurde von beiden Seiten als Verräter betrachtet, war eine Last für seine Familie, seine Freunde und Anhänger, da er nicht bereit war, ein Feind zu sein.

Als die Gegner in seinem Land hörten, daß er die linke Hand verloren hatte, lachten sie voll Spott. Er hat unseren Feinden die Hand gereicht, sagten sie, und Gott hat ihn gestraft. Wir holen uns den Rest.

Zu jeder Gruppe gibt es eine Gegengruppe. Gegner treten in Gruppen auf, bekämpfen den Feind, und das ist auch der, der anders denkt. Der Feind steht hinter jeder Gartenmauer. Die Tiere fressen sich gegenseitig auf, sagen einige. Man gibt ihnen Waffen in die Hand. Ein Waffenschein im Schlachthof. Die Falken ziehen enge Kreise, die Tauben verdörren am Himmel und finden keinen Landeplatz. Ein Volk, das die Ruhe suchte, hat sein Ziel verloren.

Antonius war zwischen die Fronten geraten. Die eigenen Leute waren mißtrauisch, weil er auch nach seinem Unfall noch Gespräche mit den Feinden suchte. Weil er unermüdlich an den Frieden glaubte. Eines Tages, als er noch im Krankenhaus lag, kamen Bewaffnete, töteten einen Arzt und verletzten eine Patientin. Man sagte, es habe ihm gegolten. Es war eine Gruppe aus seinem Land. Mit Waffen aus dem Feindesland. Sie werden wiederkommen, sagte man ihm.

Seine Familie bat ihn zu gehen, bat mich, ihn zu begleiten.

Sein Abschied war eine Flucht. Er blickte auf sein Land, wie einer, der nicht wiederkehrt.

Bei Kassim fand Antonius Einlaß.

Das Telefon klingelt.

Schritte in das Klingeln hinein. Sie trocknet sich die Hände ab, spricht, nickt und nickt. Dann kommt sie zurück. Sie werden bald hier sein, sagt sie und taucht die Hände in die Schale mit Reis. Eine milchige Wolke steigt im Wasser auf. Der Reis dreht sich im Kreis. Sie schüttet ihn ins Sieb und spült ihn ab, ehe sie ihn in einen Topf mit Wasser, Salz und einigen Fäden Safran zum Kochen gibt.

Aus einer Dose holt sie Walnußkerne. Aus

einer Papiertüte stauben Mandeln. Aus einem Glas fallen Pinienkerne auf den Tisch.

Probier, Lea. Die sind von Kassims Land, sagt sie. Das rötliche Braun der Mandelhaut hat die Farbe der Erde, auf der sie gewachsen sind.

Sie werden mit kochendem Wasser überbrüht, damit die Haut sich lösen kann. Ein zu weit gewordenes Kleid, sagt sie und schnipst die hellen Kerne aus der faltigen Hülle. Ein erdiger Geruch steigt von den Mandeln auf. Die Finger färben sich braun, und die Haut schrumpelt an den Spitzen. Die Farbe zieht in die Furchen und unter die Nägel.

In einer Pfanne rösten die Nüsse goldbraun. Die Pinienkerne werden extra gebacken. Die brauchen nicht so lange. Das geht sehr schnell, sagt sie und gibt die fertigen Kerne in verschiedene Schüsseln. Einige Mandeln läßt sie in der Pfanne zurück, streut etwas Salz darüber und gibt sie dann, so gebraten, auf einen kleinen Teller.

Probier, das ist gut zum Tee. Ich mach uns einen Tee. Jetzt ist die Zeit dafür.

Sie streut großblättrige Teeblätter in einen Stieltopf, gießt Wasser darauf mit viel Zucker und bringt es zum Kochen.

Dieser Tee wird kräftig gekocht. Er wird gesüßt, denn er darf keinesfalls bitter sein.

Dann zupft sie frische Pfefferminzblätter aus einem Kräuterstrauß und gibt sie in die Gläser.

Schau, wie er aussieht, Lea. Die Farbe des Tees hat ein grünes Rot. Durch das Pfefferminzblatt bekommt er eine herbe Frische, und danach wirst du jede Müdigkeit vergessen.

Vorsichtig trinkt sie den heißen Tee in kleinen Schlucken. Sie schenkt Lea immer wieder nach. Jedesmal kommt ein neues Pfefferminzblatt ins Glas.

Mokka und Tee. Den ganzen Tag trinkst du dort Mokka und Tee. Es gibt die Zeit für Mokka. Es gibt die Zeit für Tee. Die Zeit für den Mokka wird von der Zeit des Tees beendet und die Zeit für den Tee von der Zeit des Mokkas. Es wird jedes Mal eine heilige Handlung sein. Rituale. Niemals wird ein Mokka oder ein Tee aufgesetzt, gekocht, ohne gute Wünsche, fromme Sprüche in das Getränk hineinzusenden. Das gilt für alle Gerichte, die gekocht werden. Ohne die guten Wünsche geht es nicht. Hat man sie vergessen, wird das Gericht nicht gelingen, wird es anbrennen, versalzen, nicht bekömmlich sein, den Gast enttäuschen.

Die alte Mutter von Mona und ihre Schwester, die für einige Monate gekommen waren, um zu schauen, wie es der Tochter mit dem schwarzen Schaf ergangen sein mochte, saßen täglich auf der Bank vor Kassims Haus und tranken Mokka oder Tee.

Eine bereitete immer den Mokka, die andere den Tee. Wenn die eine gerade im Haus war, um das Getränk zu bereiten, saß die andere wartend draußen. Während sie wartete, ließen die Hände im Schoß die Gebetskette klappern. Den Kopf erhoben, wurden Wünsche, Hoffnungen und Dankbarkeit in ein Himmelsfenster geflüstert, danach neigte sich der Kopf mit geschlossenen Augen, um eine Weile auf der Brust zu ruhen, ins Herz zu horchen.

Im Haus flüsterte die andere mit der gleichen Aufmerksamkeit ihre Formeln ins Getränk. Dann saßen sie wieder beieinander, mit ihren weißen, zarten Kopftüchern, hoben gleichzeitig ihre Köpfe im Takt, wie sich wiegende Tauben auf einem Ast, nippten an den Täßchen, schauten auf das Land und nickten.

So wichtig wie der Mokka und der Tee ist das Brot.

Mehl in einer Schüssel. Ein wenig Salz rieselt darauf. Kleine harte Punkte im Weiß. Ihre Hände bereiten das Mehl, formen eine Vertiefung.

Das war das erste, was ich bei Mona aß. Mona bereitete die Brote täglich frisch.

Sie verrührt Hefe im lauwarmen Wasser im Mehl, ein Eßlöffel Öl kommt hinzu, dann bedeckt sie alles mit etwas Mehl, knetet den Teig, bis er geschmeidig wird.

Lea, das war auch das erste, was ich mit Simon bei Mona aß. Danach kam er jeden Tag. Kassim brachte Simon mit, gleich nachdem ich mit Antonius angekommen war, um seinen Arm zu versorgen. Simon sprach Kassims und Antonius Sprache. Er kam aus einem Nachbarort von Kassim, als das Land noch nicht geteilt war und alle Religionen friedlich zusammenleben konnten. Nach dem Studium ist er nicht zurückgegangen.

Wohin sollte ich gehen? fragte er. Mein Land ist nicht mehr mein Land. Fremde sind in mein Land gekommen und haben meine Freunde und Nachbarn zu Feinden gemacht. Sie haben einen Strich durch das Land gezogen, der uns trennt. Seine Praxis liegt neben dem „Büro für alle Fragen. In allen Sprachen". Dort haben sich Kassim und Simon kennengelernt. Hier ist der Arzt für Antonius, sagte Kassim, und Simon gab uns allen die Hand.

Simon dachte erst, Antonius und ich wären ein Paar.

Sie knetet den Teig, bis er Blasen wirft.

Mona kam mit dem Brot, dem Tee und lud ihn ein, zum Essen zu bleiben. Wir griffen beide nach demselben Stück Brot. Wir sahen uns an, wir lachten und teilten es uns. Da wußte er Bescheid.

Der Teig klebt am Rand der Schüssel. Sie mehlt die Hände ein und knetet ihn, bis er glatt wird und sich von der Schüssel löst. Gießt Öl über die weißen Finger, reibt die Schüssel damit aus, formt den Teig zu einer glänzenden Kugel.

Sie wird sich verdoppeln, sagt sie, legt die Kugel in die Schüssel und deckt sie mit einem Tuch zu.

Kassim mußte Stühle kaufen. Als Monas Schwester ihren Mann verlor, kam auch sie mit ihren beiden Kindern. Sie sollen eine Zukunft haben, sagte Kassim und öffnete sein Haus.

Auch sie waren den Wirren entflohen und fanden Platz an Kassims Tisch. Für Mona und Kassim war es jedesmal ein Glück, wenn sich die Familie vergrößerte. Nichts gab ihnen mehr Sicherheit in dem neuen Land, nichts festigte ihre Wurzeln mehr, als eine große Familie. Die Familie und das Land, das gehörte zusammen. Je mehr Menschen Kassim von der Familie betreute, desto mehr wuchs sein Land. Kassim schaffte Arbeit für alle, er brauchte sie und konnte alle versorgen.

Mona war froh, als die Schwester kam. Es war ein gutes Gefühl, eine Frau um sich zu haben, die die gleiche Sprache sprach und mit der sie eine gemeinsame Geschichte verband. Miteinander arbeiten. Am Tisch sitzen, reden, vertraut sein. Ein Täßchen Mokka, bereit zum Kaffeesatzlesen. Was war. Was ist. Was wird sein.

Als sie damals an einem der ersten Tage gemeinsam abends am großen Tisch saßen, hatten es Mona und ihre Schwester gleichzeitig bemerkt. Wie jeden Abend saßen alle zusammen. Mona und Kassim, ihre Kinder, Antonius, Monas Bruder, und ihre Schwester mit den beiden fast schon erwachsenen Kindern, ein paar Cousins aus einem anderen Zweig der Familie, die Kassim bei der Ernte halfen, Monas alte Mutter, mit ihrer Schwester, der Tante.

Sie alle sahen ihn kommen. Wie er von der Straße durch den Rosengang hinauf zum Haus ging. Er kam, um die neuen Familienmitglieder zu begrüßen. Er war ein Freund geworden, der zur Familie gehörte. Joseph war für Kassim unentbehrlich geworden. So wie auch Kassim für ihn unentbehrlich geworden war. „JoKa" stand jetzt auf dem „Büro für alle

Fragen. In allen Sprachen". „JoKa" stand auf den Türen der Büros, der Lagerhallen, den Lastwagen. „JoKa" hatten beide zu einem über die Grenzen hinaus bekannten Handelsunternehmen gemacht. Kassim und Joseph lachten immer, wenn sie sich trafen, und knallten zum Gruß die Hände gegeneinander, hielten sich an den Schultern fest und blickten sich an. Sie sagten vieles, ehe sie zu reden begannen.

Als Joseph kam, war der Abend noch nicht da. Die Sonne verschwand hinter den Bergen. Der Himmel war gelb. Ein schattenloses, helles Licht.

Kassim stand auf, ergriff Josephs Hände, dann hielten sie sich an den Schultern fest und lachten. Kassim drehte sich um: Sie sind da, sagte er und zeigte auf Monas Schwester und ihre beiden Kinder.

Joseph begrüßte die Schwester. Er begrüßte den Sohn. Aber er sah nur die Tochter. Nadja. Er hatte Mühe, nicht immer hinzuschauen. Und sie hatte gelernt, den Blick zu senken.

Die Dämmerung kam schnell. Die Blicke wurden weit und verweilten länger auf dem Gegenüber. Als die Beleuchtung eingeschaltet wurde, war es sichtbar. Die beiden Schwestern schauten sich an. Sie hatten es bemerkt. Auch im milden Schein der Leuchter sah man das

Rot auf Nadjas Wangen, als Joseph sich von ihr verabschiedete und ging.

Danach kam Joseph täglich. Manchmal nur wenige Minuten. Manchmal brachte er für Mona etwas aus dem Supermarkt mit. Manchmal kam er mit seinem Vater. Dann saßen sie mit Kassim am großen Tisch und schauten über das Land, und immer schaute Joseph zu einem Fenster hinauf. Er kannte sich aus. Er kannte das Haus. Er kannte das Land. Er wußte, warum er kam. Die beiden Schwestern wußten es auch. Sie bemerkten, was nicht sichtbar war. Nadja bemerkte es auch.

Nadjas Tisch stand am Fenster. Sie saß über den Büchern und las. Sie hatte sie wieder hervorgeholt, nachdem sie mit ihrer Mutter und ihrem jüngeren Bruder ihr Land verlassen hatte. Seit Jahren hatte die Universität in ihrem Land wegen der Unruhen immer wieder für Monate die Tore schließen müssen. Auch die Schulen und Institute blieben häufig geschlossen. Für die Erwachsenen war das Leben dort schon schwierig. Für Jugendliche und Kinder aber war es schwer, einen Sinn, ein Motiv für die Zukunft zu finden. Die Eltern hatten Mühe, ihre Kinder zu Hause zu halten. Die Unruhen auf den Straßen gegen die Willkür der Fremdherrschaft brachten täglich neue Opfer.

Wenn Nadja am Fenster saß, schaute sie nicht nur in die Bücher. Ihr Blick ging auch über die Landschaft, die ihr vom ersten Tag an vertraut schien und sich mit den einzigen angenehmen Erinnerungsbildern mischte, die sie mitgebracht hatte, und die darin eine Fortsetzung fand. Sie sah auf das Land, sah die Farben, spürte den warmen Wind, roch die Würze der Erde am Tag und in der Nacht. Dann atmete sie tief und hatte das Gefühl, daß sie nie zuvor geatmet, daß sie den Atem angehalten, verborgen und versteckt gehalten hatte und erst jetzt, in dem neuen Land, in dem neuen Zimmer, am Fenster, wie befreit zu atmen anfing. Ein Geschenk, dachte sie und ließ sich erleichtert im Stuhl zurücksinken.

Es war ihr, als sei sie durch eine unüberwindliche Mauer gestoßen, die sie am Leben gehindert hatte. Hier war die Landschaft eine Landschaft. Die Straße war eine Straße. Und bedeutete nicht die Gefahr, verfolgt zu werden von Verfolgern, die sie aus ihren gepanzerten Fahrzeugen heraus mit ihren speziellen Geschossen bedrohten. Es war nicht die Straße, die ganz plötzlich durch Sperren beendet wurde oder die man zu bestimmten Stunden nicht betreten durfte. Es war nicht die Straße, bei der ihr die Angst im Nacken saß, die sie weder allein noch in einer Gruppe gefahrlos überqueren konnte. Es war nicht die Straße, auf der die eigenen Fahrzeuge mit besonderen Kennzeichen versehen wurden, damit die Verfolger sie deutlicher erkennen konnten. Straßen, die zu einer gefährlichen Krankheit wurden, die jeder hätte meiden wollen, wenn er gekonnt hätte. Straßen, in denen Kindergruppen verwahrlosten, die durch ihre Hoffnungslosigkeit ein kriegerisches Spiel spielten. Straßen, die sie ihr Leben lang nur gekannt hatte als einen Ort absoluter Gefahr.

Ein Hügel war nicht ein Hügel. Er konnte am nächsten Morgen der sein, von dem fremde Augen blickten und überwachten. Wenn stöhnende Fahrzeuge die Nacht erschreckten, wußten die Bewohner Bescheid. Sie kannten die Fahrzeuge, sie kannten die Fracht, die viereckigen Quader. Ein Dutzend oder mehr, und schon entstand über Nacht ein bisher nie gewesenes Dorf. Die Erbauer hatten Fertigmauern aus Beton, Fertigdächer, Fertigtüren, Fertigfenster, Fertigküchen, Fertigbetten, Fertigtoiletten, Fertigrasen, Fertiggärten, Fertigelektrizität, Fertigbrunnen, Fertigschulen, Fertigkindergärten, Fertigmauern, Fertigwachtürme, Fertigstacheldraht, an dem aufgeblähte Plastiktüten die Windrichtung angaben. Und fix und fertige Familien standen am Morgen in diesem Fertigdorf und hängten ihre Wäsche auf.

Ein Busch war nicht ein Busch. Er war eine Gefahr im Garten, vor dem Haus, an der Straße, wo der nächste Schrecken lauern konnte. Um die Häuser, in den Gärten war inzwischen alles kahl.

Ein Haus war kein Heim mehr. Es bedeutete keinen Schutz und schon gar nicht Geborgenheit. Selbst die Eltern bedeuteten keinen Schutz. Sie konnten ihn nicht bieten. Die Kinder spürten von Anfang an die Hilflosigkeit wie einen ständigen Schatten. Alle waren gleich verletzlich. Die Nächte der letzten Jahre bedeuteten nicht Ruhe, sondern Qual. Am nächsten Morgen konnte alles anders sein.

Durchwachte Nächte, nachdem abends die Türen und Fenster verriegelt und mit Latten verkeilt worden waren, wenn Stiefel das Haus umschritten, wenn sie in schlaflosen Stunden fremden Stimmen lauschten.

Nadja kannte die Angst. Das Atemlossein. Das ganze Land hielt den Atem an. Oft wünschte sie sich fort. In ihrem Leben waren die Dinge verschoben. Nichts war, wie es ist.

Der Blick aus dem Fenster zeigte ihr jetzt eine Welt, wie sie sein konnte. Sie sah die Farben der Felder am Morgen im Dunst grünglänzend betaut, hörte die Hähne krähen am Haus und aus der Ferne zurück, das Vogelzwitschern in den Büschen und Bäumen, sie hatte es vergessen. Sie hörte das Lachen der Kinder in die Landschaft hinein, sie sah Monas Kinder und ihren Bruder durch den Garten toben und die Straße hinunterradeln zum nächsten Dorf, wo sie sorglos spielten, vergessene Spiele, mit einer von ihr nie gekannten Selbstverständlichkeit und mit diesem Recht auf Freiheit, die für sie nur ein Wort gewesen war. Ein fernes Wort, eine Vokabel, nicht mehr, zu unwirklich, um sie zu begreifen.

Windstille lag über den Feldern, wenn sie zur Mittagsstunde aus dem Fenster sah und die Luft unter dem heißen Himmel tanzte. Zur Nacht öffnete sie jetzt weit die Fenster, ließ die Luft herein und begann, ohne Angst zu atmen. Das Rauschen der Pinien verwehte den Grillenruf, mal nah, mal fern. Das Rauschen der Pinien war das Rauschen der Nacht. Die Fenster blieben geöffnet. Die Nacht wurde zu einem neuen Begriff für sie und verlor an Bedrohung. Nadja staunte über den Klang der Stille, die sich wie ein Verband um ihr Bewußtsein legte und sie beruhigte. Erst als sie eine nie gekannte Frische nach dem Erwachen spürte und nicht nur wunde Träume sie beherrschten, traute sie der Nacht und ersehnte den Schlaf.

Langsam wich der Zorn aus ihren Gedanken, und sie empfand Vergeblichkeit, wenn sie an die Menschen dachte, die sie und ihr Volk zu Feinden machten und dadurch selbst vergiftet wurden, und sie spürte ihren Zorn wie eine Krankheit weichen. Sie fühlte sich entkommen. Sie fühlte sich den Verfolgern entkommen, die selbst Verfolgte waren und die kein Entsetzen mehr empfanden vor dem, was sie erlitten hatten, die ihre Geschichte verloren, verkauft und benutzbar gemacht hatten. Erleichterung befreite ihre Gedanken und breitete sich wie eine Genesung aus.

Mit jedem Tag gewannen Nadjas Blicke an Raum. Sie ließ sich lenken von dem, was sie sah. Tage, die sie in hoffnungsvoller Spannung erwartete, die sie am Morgen mit Ungeduld begrüßte, wie einen Brief empfing und zu lesen begann. Die Blicke trafen sie. Sie trafen sie überall, nicht nur, wenn sie sie erblickte. Die Blicke zündeten sie an, die rote Farbe schoß ihr bis in die Haarspitzen hinein, selbst wenn sie die Augen geschlossen hielt, waren sie da. Alles war ablesbar.

Es wird allerhöchste Zeit, werden die

Schwestern gesagt haben, während sie in der Küche Weinblattröllchen drehten.

Sie ist hin- und hergelaufen. Topfdeckelklappern auf dem Herd. Rühren. Probieren. Sie schließt die Augen dabei und nickt. Schüsseln werden ausgewaschen. Die Arbeitsplatte abgeputzt. Vor dem Spiegel fährt sie mit den Händen durchs Haar.

Sie ist in den Garten gegangen und hat noch einmal Kräuter geschnitten.

Ein Strauß Grünzeug, sagt sie. Die krausen Petersilienblätter mit den festen Stengeln sind die Grundlage für jedes Kräutergericht. Obwohl sie so eigenwillig aussehen, passen sie sich den anderen Kräutern gut an, betonen noch den fremden Geschmack und geben Fülle. Der Dill, zart gefiedert, weht in dem Strauß, ziert sich. Er reagiert empfindlich und ermüdet schnell, wenn er nicht aufmerksam behandelt wird. Der Schnittlauch knirscht mit seinem steifen Grün. Seine Spitzen ragen gelb aus dem Strauß. Er behauptet sich zwischen der Formenvielfalt und spritzt seine scharfe Farbe heraus, wenn er geschnitten wird. Das pelzige Grün der Minze ist mild, stimmt versöhnlich und entfaltet frisch oder gekocht einen Hauch von Sommerfrische.

Sie wäscht die Kräuter, entfernt die gelben

Blattspitzen und Stengel und legt sie zum Abtropfen in den Durchschlag. Aus einem Korb nimmt sie dicke Gemüsezwiebeln, zieht die trockene knisternde Haut ab und schneidet die Zwiebeln in Würfel. In der Pfanne werden sie goldbraun gebraten.

Kubba darf nicht fehlen. Bei Kubba liegt die Überraschung in der Mitte, beißt du hinein, verführt dich die Füllung, mehr zu essen, als du kannst.

Mageres Hackfleisch wird mit eingeweichtem Weizenschrot verknetet, eine kleingehackte Zwiebel, Salz, zerstoßene Pimentkörner und schwarzer Pfeffer kommen hinzu. Nachdem sie die Hände mit Wasser befeuchtet hat, nimmt sie von dem Hackfleisch, formt kleine Bälle, drückt mit dem Daumen ein Loch hinein, füllt es mit gebackenen Pinienkernen und mit den Zwiebeln aus der Pfanne. Dann schließt sie das Loch und dreht das Bällchen zu einer länglichen Form. Sie werden fritiert und liegen dunkelbraun in einer Schale.

Probier mal ein Kubba.

Sie hat einige kleine bereitgelegt.

Sie schmecken warm und kalt. Einige werden wir in eine Joghurtsoße legen.

Sie nimmt ein Kubba, hält es zwischen Daumen- und Zeigefinger und beißt die

Spitze ab. Ein paar Kerne fallen ihr entgegen.

So mag ich es. Ganz mild, dann schmecken die Pinienkerne durch.

Zwiebeln und eine Knoblauchzehe schneidet sie sehr fein. In einem Topf mit Butter werden sie verrührt, bis die Zwiebeln glasig sind. Etwas Mehl wird mit Brühe abgelöscht. Eine glatte Sauce ensteht, ein wenig Pfeffer und Salz, und dann gießt sie unter Rühren Joghurt hinzu. Nun darf es nicht mehr kochen. Sie nimmt die Sauce vom Herd und gießt sie in eine Schüssel. Ein wenig Zitrone und Melisse, dann legt sie einige der Kubba hinein.

Du siehst, Lea, diese Gerichte kosten Zeit. Zeit, die die Schwestern gebraucht haben, um in sie hineinzusehen. Um sie zu ihrer Vertrauten zu machen. Um in dieser Zeit der Gemeinsamkeit Vertrautes zu entdecken, sich wiederzufinden. Die Zutaten für das tägliche Essen, die Gerüche, die Farben, diese ganze Vielfalt verbindet dich mit dem Land, auf dem das alles gewachsen ist.

Die Schwestern gehen hinaus. Sie finden die Kräuter im Garten. Sie riechen die Minze, den Rosmarin, den Thymian. Duft aus der Erinnerung. Orient, sagen sie mit geschlossenen Augen, und es klingt wie ein Wort aus einer wiedergefundenen Zeit. Sie erinnern sich.

Sie ernten das selbstgezogene Gemüse, reiben die Blätter der Tomate zwischen den Fingern, enthäuten die Stengel der Disteln, ein bittersüßer Geschmack. Sie erinnern sich.

Verweilen im Schatten der Pinien, horchen auf das nie aufhörende Rauschen, das föhnende Pfeifen, das den Pinien selbst ohne Luftbewegung gelingt. Struppige Nelken im Beet. Muskat. Die Farbe der Landschaft. Sie sehnen sich in die Landschaft hinein. An ihren Schuhen klebt rote Erde. Sie erinnern sich.

Es ist alles vorhanden und löst trotzdem die Sehnsucht danach aus. Wann fängt etwas an, Heimat zu sein? Wann wird Fremdes vertraut?

Die Blicke der Schwestern fielen auf Joseph in dieser Zeit voller Fragen. Die Frauen waren unvorbereitet, dadurch unsicher und erst einmal ratlos. Ihre ganze Aufmerksamkeit gehörte plötzlich den Blicken, die Joseph für Nadja hatte. Blicke, die Zeichen waren. Sie wurden geduldet, da man nicht wußte, wie man damit umgehen sollte. Sie wurden beobachtet und zur Kenntnis genommen.

Zum einen wußten sie natürlich, daß es eines Tages Blicke geben würde, zum anderen waren sie irritiert, da sie es gewohnt waren, Blicke zu lenken, ehe sie ihren Anfang nahmen. Zum einen war Joseph der Freund, der zur Familie gehörte, zum anderen war er der Mann, der ein Fremder war.

Noch wurde kein Wort darüber gesprochen. Noch warteten die Schwestern auf die Blicke von Kassim, der alle Blicke, die hin- und hergingen, ignorierte, die Blicke der Frauen empfing, aber nicht beantwortete. Die Frauen warteten ab. Indem sie nichts sagten, sagten sie auch nichts dagegen.

Nadja entging der Wachsamkeit, indem sie alle Blicke zuließ. Sie empfing die Blicke von Joseph, sie empfing sie von der Mutter, der Tante, der Großmutter, der Großtante, von Kassim und Antonius. Die Kinder lachten und versteckten ihr Lachen nicht. Nadja lächelte zurück. Bald durchbrach sie jedes Mißtrauen, und die Frauen fanden Vergnügen an seltsamen Vorstellungen und verknüpften ihre Gedanken mit immer wechselnden Bildern in die Zukunft hinein, die ihnen nicht mehr unübersehbar fremd erschien. Die Schwestern hatten gelernt, praktisch zu denken und auch den Zufall zuzulassen. Sie fingen nicht nur die Blicke auf, sie blickten auch weiter und blickten durch sie in eine neue Zeit.

Die Zeit kam näher.

Gedanken folgten neuen Richtungen. Tage wurden lang und prall, fielen aus dem Dunst des Morgens und endeten im Blau der Nacht.

Nadjas Blicke waren von heftiger Wachheit. Die kurze Zeit in dem neuen Land hatte gereicht, ihr zu zeigen, was ein Leben in Freiheit und Sicherheit sein kann. Bei dem Anblick der spielenden Kinder von Mona begriff sie, was sie schmerzlich vermißt hatte, was ihr bis dahin völlig unbekannt geblieben war. Sie wußte, was sie wollte: Ihr Recht auf ein freies Leben, und sollte sie Kinder haben, so sollten auch diese angstfrei, auch für die Eltern, aufwachsen dürfen.

Sie sagte ja, als Joseph sie fragte, und fuhr mit ihm hinab in das „Büro für alle Fragen. In allen Sprachen" und in die Bibliothek der nahen Stadt, wie sie es sich wünschte.

Blicke aus dem Haus heraus, über die spielenden Kinder hinweg, über die Terrasse den Weg zur Straße hinab. Auf der Straße rollte das Auto als dunkler Punkt über den Berg und verschwand hinter der nächsten Biegung.

Auf dem Weg hinab lag die Quelle. Joseph hatte nichts vergessen. Es war ihm wichtig, Nadja diesen Platz zu zeigen. Er führte sie zur Quelle seiner Väter, die dort, nicht weit von ihnen, entsprang. Er ging, um den schmalen Weg zu weisen, ein wenig vor ihr über das Feld, das jetzt Kassim gehörte. Dichtes Gebüsch unter Eukalyptusbäumen, die im warmen Wind raschelnd ihre Silberzweige aneinanderrieben und schattige Flecken über den Acker streuten. Rosmarin, wilder Ginster, Silbermohn und Oleander umwuchsen die Bäume wie eine dichte Hecke. Vögel stiegen aus den Büschen auf und suchten lärmend Platz in der Höhe von Ästen und Zweigen.

Joseph breitete die Armen aus, den Weg zu öffnen, der zugewachsen war und vor den dichten Zweigen endete. Er fand den Einstieg, bog die Büsche zur Seite und zeigte Nadja einen gemauerten Pfad. Sie waren in ein anderes Licht getreten. Es fiel grün durch die Bäume. Das Blau des Himmels, ein ferner Fleck.

Die alten Steinplatten unter ihren Füßen waren hier feucht und glatt. Farne und Moose quollen aus den Fugen und zeigten die Tritte ihrer Füße als eine dunkle Spur. Grau fiel das Licht vom Rand einer Mauer. Sie war alt, rissig und wund. Eine vergessene Wand. Ein scheinbares Ende. Joseph kannte die Wand. Pflanzen hatten gegen sie angekämpft, sich eingenistet und in den Furchen und Falten ihren Platz gefunden.

Joseph kannte das Ende der Wand und Nadja sah erst nur einen hellen Streifen, als habe jemand mit ruhiger Hand einen Strich gezogen. Es war der Eingang zum Innenhof der Quelle.

Dort gab es keine Pflanzen mehr. Licht und Schatten hatten klare Formen. Stufen führten tief hinab bis zu einem runden in den Fels gehauenen Platz, der sich wie ein Turm nur zum Himmel hin öffnete.

Aus einem Loch im Gestein floß klares Wasser eine Rinne entlang, plätscherte in ein Becken und auf der anderen Seite des Beckens zurück in den Fels, um draußen nach wenigen Metern den Fels zu verlassen und als Bach sichtbar zu werden.

Nadja spürte die Kühle neben der Quelle. Nur auf der Steinbank lag warmes Licht. Dort haben schon viele gesessen. Joseph kennt die Geschichte und erzählt, wie vor vielen hundert Jahren seine Familie wegen dieser Quelle siedelte, wie alles seinen Anfang nahm und wie auch dort alles um das Wasser ging. Nadja wird zugehört haben, und vielleicht wird auch sie begonnen haben zu erzählen.

Sonnenbilder fielen auf die Steinbank. Rote Feuerblumen knisterten auf Nadjas Kleid. Blicke trafen sich. Die denkbare Weite war plötzlich ganz nah. Danach beugte sich Nadja vor und trank von dem Wasser der Quelle. Sie konnte nicht aufhören, davon zu trinken. Es war nicht nur der Durst, der sie dieses Wasser trinken ließ, wie sie nie zuvor ein Wasser getrunken hatte.

Sie gingen weiter zu Fuß über das Land. Den kleinen Bach entlang, durch einen Olivenhain, über die Felder hinab zur Straße. Wie ein Himmelsstück lag das Wasser in einem Becken. Glatt und schillernd. Wolken huschten hell darüber und zogen über den Rand des Beckens als dunkle Schatten davon. Das Wasser der Quelle speiste das umliegende Land. Alte Kanäle führten es über die Äcker, bis es in einem Steinbett langsam abwärts zum Meer gelangte und darin verschwand.

Als sie am späten Nachmittag das Haus wieder erreichten, sahen die beiden Frauen Nadja an. Es wird allerhöchste Zeit, sagte Mona zu ihrer Schwester und stellte die Teller und Schüsseln für das Essen am Abend bereit.

Joseph fuhr den Berg hinab. Er winkte aus dem Fenster heraus. Eine Wolke aus Staub flog hinter ihm her.

Sie holt den Teig aus der Schüssel. Er ist zu einer großen Kugel gewachsen.

Sie knetet den Teig noch einmal durch und teilt von ihm kleine Stücke ab, drückt sie zu flachen Fladen und legt sie auf ein bemehltes Tuch.

Nochmals müssen sie zwanzig Minuten gehen. Erst dann kommen sie in den Ofen und werden von beiden Seiten kurz gebacken. Die Brote werden kurz gebräunt, sollten aber noch hell sein und in der Mitte eine Tasche haben, die du aufschneiden und füllen kannst. Einfach mit Salat, Falafil, Kubba und einer Tahinsoße, was immer du magst. Einige Brote werde ich schon vorher mit einer Paste bestreichen, die ißt man wie Pizza, am besten noch warm aus der Hand.

Aus schwarzen Oliven schneidet sie die Kerne, zerkleinert das Fruchtfleisch. Mit Pinienkernen, Thymian, Pfeffer, Salz, etwas Öl entsteht eine geschmeidige Paste, die sie auf die flachen Brote streicht. Enthäutete, in kleine Würfel geschnittene Tomaten und Fetakäse drückt sie in den Belag und schiebt die Brote in den Backofen hinein.

Am Abend stand Kassim draußen und schaute auf seine Uhr, dann auf die Straße, die dünne graue Schlange, die den Berg heraufkroch und sich im späten Licht wärmte. Er drehte sich um und ging ins Haus, um zwei Stühle zu holen und stellte sie rechts und links von seinem Stuhl an den Tisch. Mona und ihre Schwester gingen hin und her. Nadja war im Haus. Die Hitze des Tages hatte sich noch nicht davongemacht. Sie breitete ihre warme Decke über den Abend aus. Die beiden Alten, die Mutter, die Tante saßen auf der Bank vor dem Haus. Sie liebten die Wärme. Nicht die Hitze des Mittags, aber die Wärme des späten Nachmittags und des Abends im Schatten der Hauswand. Sie liebten diese Wärme. Sie war ihnen vertraut. Sie spürten sie wohltuend und vermissten sie, wenn es kühl war.

Sie flüsterten miteinander. Sie hielten die Hand vor den Mund. Sie lachten versteckt. Beide waren seitlich einander zugewandt, ihre Arme berührten sich. Die Füße reichten nicht bis zum Boden. Sie hörten kurz darüber auf und baumelten ab und zu. Beide hatten einen großen Busen. Ein Gebirge, das unter dem Kinn anfing, sich zu wölben, und nun, so vorgeneigt, wie ein Berg auf den Oberschenkeln lag. Die Schenkel waren pralle Kissen. Unter dem dunklen Stoff sah man sie wie Polster. Ihre Bewegungen waren flink und schnell. Ihre Sprache war flink und schnell. Die Augen. Die Finger. Sie perlten unermüdlich die Gebetsketten.

Antonius kam mit einer Karaffe Wein vorbei. Wie geht's, sagte er zu den beiden Alten und stellte die Karaffe auf den Tisch. Sie bedankten sich und fragten selber, wie geht's, und

Antonius nickte. Wie geht's, fragte auch Kassim jedesmal, wenn er an ihnen vorbeiging. Sie bedankten sich gleichzeitig und fragten zurück, wie's gehe. Mona und ihre Schwester, aus der Küche kommend, liefen hin und her, vorbei an den Alten, wie geht's hin, wie geht's her. Die Kinder, sie steckten kleine Stöckchen vorsichtig in Mauerritzen, versuchten grünschillernde Echsen zu fangen. Sie liefen zu den Alten, wie geht's, danke, wie es geht, und zeigten das Echsenhaus aus Karton. Alle lauschten und hörten die Echsen rascheln zwischen Moosen und Zweigen.

Die Wärme saß auch im Haus. Die Tür, ein atmender Mund. Die Schwestern wurden ein- und ausgeatmet. Sie trugen die Wärme auf ihren Tabletts den ganzen Tag rein und raus.

Kassim schaute wieder auf seine Uhr. Die Schlange war jetzt gelb im Licht, und er erkannte ganz unten einen schwarzen Fleck, der auf ihr kroch und größer wurde. Die beiden Alten sahen ihn auch, nickten und ließen die Ketten eifrig durch die Finger gleiten. Die Kinder setzten das Echsenhaus ins Moos und tobten um den Tisch. Mona erkannte den Fleck und wußte Bescheid. Sie blickte auf den Tisch.

Das Essen würde reichlich sein. Sie hatten den ganzen Tag viel zu reden gehabt, sie hatten viel gekocht. Die Schwester kam, und mit ähnlichen Bewegungen strichen beide ihre Kleider glatt, fuhren in ähnlichen Bewegungen mit den Fingern durchs Haar. Sie waren erregt. Sie wußten beide, warum.

Die Kinder winkten und sprangen dem Auto entgegen.

Als Joseph und sein Vater ausstiegen, begrüßte Kassim beide mit einer Umarmung und führte sie an den Tisch. Jeden an eine Seite seines Stuhles. Danach fanden alle ihren Platz. Mona und ihre Schwester trugen das Essen auf, Antonius schenkte den Wein ein, die beiden Alten rückten die Stühle zwischen die Kinder, Nadja stellte das Brot auf den Tisch.

Der Tisch stand im Blau des Abends, das Essen war der Acker, das Feld, das Wasser, das Meer. Der Wein im Glas breitete seine rote Farbe aus. Blicke gingen in die Zeit, fanden Worte, Gedanken wuchsen und wurden weit und klar. Als die Männer sich die Hände schüttelten, brühte Nadja den Kaffee auf. Sie verteilte ihn in kleinen henkellosen Tassen, und während sie in die dunkle Farbe wie in einen Spiegel blickte, reichte sie das Täßchen mit dem dicksten Schaum Joseph. Danach gingen die Frauen mit den Kindern ins Haus.

Die Nacht hatte noch viele Stimmen, und

die Lichter erloschen erst spät. Draußen wie hinter den Fenstern.

In dieser Nacht wird der Schlaf von Träumen zerfurcht gewesen sein, und den nächsten Morgen, der so aussah wie die anderen Morgen zuvor, werden alle als einen völlig neuen Morgen erlebt haben.

Das Licht war zwischen Nacht und Tag, als Kassim aufstand. Jeden Morgen nutzte er diese Zeit dazwischen und liebte die Geräusche, die nur dann wahrnehmbar waren, weil sie sonst von anderen verschluckt wurden oder die Zeit dafür zu Ende ging. Er liebte die Gerüche, die aus der feuchten Erde stiegen, und er konnte die Fruchtbarkeit der Felder, der Bäume, des ganzen Gartens riechen. Er konnte auch, wie sein Großvater, am Geruch erkennen, wann die Ernte auf den Feldern bevorstand, wann die Frucht auf dem Baum reif war. Er roch die Farbe einer Rose. Der frühe Morgen war frisch und kühl und machte jedesmal seinen Kopf frei für neue Gedanken. Mit der Hand wischte er den Tau von seinem Stuhl draußen vor dem Tisch, ehe er sich setzte. Noch gab es keine Schatten. Auf allen Dingen lag nur die Ahnung ihrer Farbe. Er sah den Dunst am Horizont durchsichtig werden und erwartete das Licht des Tages.

Ein paar Stunden weiter östlich stand die Sonne schon über seinem Land. Beleuchtete seine verlassenen Felder, seine Bäume, seine Hügel und Weiden, die Häuser seiner Väter. Alles stand im Licht.

Da sah er die Bauern in der Ebene mit ihren Treckern über die Felder fahren, sah die Arbeiter in Gruppen zusammenstehen, den Schäfer die Herde aus der Ebene den Hügel hinauf in den Olivenhain führen. Licht lag auf den Dächern der Häuser im Tal, dicht um das Kloster und die Moschee. Er hörte das Lärmen der Kinder in dem Schulhof, sah die Frauen zwischen den Backöfen hin- und herlaufen und den ersten Rauch aufsteigen. Ein Bus kroch schnaufend über den Hügel.

Er hielt die Augen geschlossen und konnte alles sehen. Alles war deutlich. Die Zeit hatte ihn geduldig gemacht. Eines Tages, sagte er, eines Tages werden wir alles wiedersehen. Eines Tages werden wir es schaffen. Eines Tages kehrt mein Sohn zurück. Dann wird er wissen, wie man sät und erntet, und nicht mit leeren Händen kommen. Eines Tages. Er glaubte daran.

Er öffnete die Augen und sah das bläuliche Weiß des Dunstes über dem neuen Land in das bläuliche Weiß des Himmels übergehen. Er sah den Bogen aufsteigen, der Land und

Himmel zerteilte, den schmalen Rand eines Kreises, der schnell zu einer roten Scheibe wuchs und sofort allen Dingen seine Farbe gab. Er spürte die Wärme beim ersten sichtbaren Rot. Der Himmel war jetzt Hintergrund der Scheibe. Er hatte seine Farbe gewechselt. Der weiße Himmel wurde blau. Der Dunst lag feucht auf den Pflanzen. Im Tal dampfte der Tau und zog in feinen Streifen über die Felder.

Es war eine Zwischenzeit des Tages, in der der Morgen noch frisch war. Es war die Zeit, mit den Notwendigkeiten des Tages zu beginnen, die Zeit, in der er seinen Anfang nahm, der Verlauf aber offen war und bestimmt wurde durch die Handlung eines jeden einzelnen.

Das Rot ihres Umhangs war die Farbe der Sonne, als Mona mit dem Mokka aus der Tür kam. Wie jeden Morgen tranken Kassim und Mona gemeinsam den ersten Kaffee an dem Platz vor dem Haus. Sie saßen beide nebeneinander und schauten in die helle Landschaft. Sie war wie an den Tagen zuvor, und doch erschien sie ihnen heute vollkommen neu.

Sie saßen an ihrem Tisch vor ihrem Haus auf ihrem Land, auf dem es wuchs wie auf dem Land, das sie Heimat nannten. Das Ferne war plötzlich ganz nah und verwuchs mit dem Land, auf das sie schauten.

Kassim stand auf und ging den Weg, den er jeden Morgen ging.

Mona sah ihm nach. Sie sah, wie er sich entfernte. Sie sah seine Schultern. Sie wußte es. An diesem Morgen entfernte er sich noch ein Stück von der Zeit des alten Landes und ging hinüber in die Zeit des neuen Landes.

Die Landschaft war nicht nur ein Bild.

Jemand rief aus dem Fenster. Die Schwester winkte der Schwester. Sie möge bleiben. Am Tisch vor dem Haus. Als sie kam, brachte sie neuen Kaffee hinaus. Dann saßen sie nebeneinander, wie Mona zuvor mit Kassim gesessen hatte. Sie spürten die Erde unter ihren Füßen. Sie hatten die Arme auf den hölzernen Tisch gestützt, hielten ihre Tasse in Mundhöhe und tranken in kleinen Schlucken. Auch sie sprachen nicht. Sie schauten auf das Land.

Felder waren Felder. Bäume Bäume. Die Hügel waren Hügel. Eine Gruppe Häuser drängte sich um eine Quelle. Das war auch dort so gewesen.

Das Bild war eine Landschaft.

Sie sahen hinein. Das durchsichtige Licht war verschwunden. Der Morgen stand auf und kippte ferne Bilder um.

Eine andere Zeit, sagte Mona und schaute in das veränderte Licht. Es war ihnen, als hätten sie nicht das Land gewechselt, sondern nur mit großer Hand alles beruhigt, geglättet und wieder zum Leben erweckt. So hätte es sein können. So, wie es jetzt war.

Die Frauen hatten viel schneller erfahren, was es heißt, den Tag im Frieden zu erleben. Als sie die Angst verlassen konnten, wich auch die Trauer, und sie waren bereit, sich trösten zu lassen. Sie hatten Verlorenes wiedergefunden. Sie hatten das Leben wiedergefunden. Obwohl sie es offen noch nicht äußern mochten, war es ihnen schon nach wenigen Wochen in dem neuen Land bewußt. An diesem Morgen, als sie gemeinsam draußen am Tisch ihren Kaffee tranken, war für sie das neue Land ein offenes Haus.

Sie sprachen nicht. Sie sahen nur hinein. Beide wußten es voneinander. Vielleicht hatten sie auch keine Worte dafür. Beide hatten einen leichtsinnigen Blick, als hätten sie Verbotenes gedacht. Später lachten sie, sahen die Kinder kommen. Sie gingen ins Haus, das Essen zu bereiten.

Ich denke an die süßen Speisen, Lea, sagt sie und holt eine große Schüssel aus dem Schrank. Das Süße danach ist genauso wichtig wie alles, was davor gewesen ist.

Sechs Eier. Sie schlägt sie auf und gibt sie in

die Schüssel. Mit Zucker rührt sie sie zur schaumigen Masse.

Crème Caramel, Lea, das gehört dazu.

Sie schabt das Mark aus den Vanilleschoten. Welch zarter Duft in den schwarzen Stangen steckt.

Sie beugt sich darüber und atmet ihn ein. Er verbreitet sich im Raum. Der Duft ist Lilie. Offene Blüte. Ein frischer Strauß.

Sie schiebt die schwarzen Krümel aus den Schoten in die helle Crème.

Auf dem Hochzeitstisch war es eine Schüssel unter vielen. Ständig wurde aufgetischt, gegessen, abgedeckt, neu aufgetragen.

Die süßen Speisen standen auf einem Blumenbeet. Blüten lagen über den ganzen Tisch verstreut, sie waren kunstvoll zu Mustern gesteckt. Grüne Wege führten zu Rauten, Kreuzen, Herzen, durchbrachen Kreise, und wie auf Stelzen, fast schwebend, die Kuchen darüber in den Farben der Blüten. Fadendünne Teigstreifen rollten sich um verschiedene Nüsse. Crèmes, schaumige Massen, die einen Rosenduft verströmten, jeder Baum hatte seine Früchte gegeben, ganze Büsche waren von Beeren befreit und lagen gezuckert in Gläsern.

Kassim hatte ein Zelt besorgt. Es war hausgroß und aus dem Tuch, aus dem Kelims sind.

Es war ein Hochzeitszelt. So hatte man auch in seinem Land gefeiert. Es war das erste Fest in dem neuen Land – in einem Zelt aus seinem alten Land. Tage vor dem Fest hatten Kassim und Joseph es mit mehreren anderen Männern aufgebaut. Die Kinder spielten darin Zirkus, trieben die Hunde, die Katzen, die Schafe durchs Zelt, in die eine Öffnung hinein, aus der anderen Öffnung hinaus. Die Alten saßen darin, wenn die Sonne am höchsten stand, und rochen die Heimat. Sie saßen unter dem Dach der Heimat in dem fremden Land, tranken Tee oder Mokka und hielten die Gebetsketten auf ihren Schößen bereit.

Nadja sah das Zelt von ihrem Fenster aus. Sie sah die dunkle Öffnung des aufgeschlagenen Zelts. Sie wußte, daß die andere im Licht lag und auf die Straße nach draußen führte. Sie wußte, daß sie keine Fremde mehr sein würde, wenn sie durch diese Öffnung ging.

Sie dachte an die Rituale. Das Hammam, die Almohennaie, das Fest der Frauen. Die Nacht davor.

Das Hammam wird ein Badezimmer sein. Die Almohennaie wird die Tante sein. Das Fest der Frauen wird der Tag davor und die Nacht davor wird die Nacht danach sein. Rituale ändern sich.

Sie werden bald kommen, Lea.

Das Licht steht schief im Raum. Die Sonne liegt im Korn. Der Baum im Feld ist ein grauer Klecks. Der Himmel blickt zurück.

Sie läßt Würfelzucker mit Wasser im Topf karamelisieren, gibt klein geschnittene Orangenstreifen dazu und etwas vom Saft einer Orange.

So habe ich es bei Mona gesehen, sagt sie, füllt die Soße in eine feuerfeste Form und verteilt die Eimasse darüber. Im Wasserbad wird alles erhitzt und kommt dann in den Backofen, bis es fest ist. Erkaltet wird die süße Speise auf einen Teller gestürzt.

Sie sieht von der Küche aus den Eßplatz vom schrägen Licht beleuchtet. So beginnt der Abend. Er zieht aus der Landschaft ins Haus hinein und breitet sich aus. Sie stellt Teller und Gläser zurecht, und als sie umgezogen wiederkommt, ist der Tisch schon gedeckt.

Grenzen sind keine Mauern mehr. Nur ein paar Stunden hat es gedauert, und dann sitzen alle gemeinsam an einem Tisch.

Wie hast du das bereitet, fragt Mona und blickt auf das Essen. Es ist ihr vertraut.

Das habe ich alles von euch gelernt, sagt sie zu ihr und Monas Schwester zugleich.

Sie reicht Simon das Brot, er schaut sie an und nickt.

Der Abend ist da. Das neue Licht verkleidet den Raum. Die Vorspeisen veströmen ihren Duft. Die Augen sind beschäftigt mit den unterschiedlichsten Farben. Kassim stellt Wein auf den Tisch. Joseph und Nadja zünden das Feuer im Grill.

Antonius sitzt Lea gegenüber. Sie sprechen miteinander. Lea von dem Land ihrer Eltern. Lea sagt, daß das Land ihrer Eltern nicht ihr Land ist. Lea sagt, daß ihr Land nicht das ihrer Eltern ist.

Antonius nickt. Er spricht von seinem Land, daß das ihrer und seiner Eltern ist, und von der Hoffnung auf ein Zusammenleben. Er spricht von dem Land, in dem er jetzt einen Raum zum Leben gefunden hat, das das Land seiner Freunde ist. Lea nickt.

Draußen ist die Nacht ein dunkles Tuch. Drinnen segelt der Tisch durch den Raum. Lea kocht Mokka. Zucker, Kardamom, Kaffee, Wasser. Sie rührt. Der Kaffee wallt auf. Sie spricht leise hinein. Ihre Worte werden Wünsche sein. Sie gießt den Mokka in die henkellosen Täßchen. Sie reicht die Täßchen an. Das letzte mit dem dicksten Schaum reicht sie Antonius. Antonius sieht sie an.

Karin Irshaid, geboren in Bayern, aufgewachsen in der DDR und in der Bundesrepublik Deutschland, studierte Malerei, Grafik, Kunstgeschichte, lebt als Bildende Künstlerin und Schriftstellerin in Bielefeld. Zahlreiche Buchveröffentlichungen und Ausstellungen.

KUNSTSTIFTUNG ● NRW

Wir danken für die Förderung dieses Projektes
durch die „Kunststiftung NRW"

**Unsere Bücher im Internet:
http://www.pendragon.de**

Veröffentlicht im Pendragon Verlag
Günther Butkus, Bielefeld 2004
© Copyright by Pendragon Verlag 2004
Alle Rechte vorbehalten
Lektorat: Martine Legrand-Stork
Umschlag und Herstellung: Michael Baltus
Foto: Pendragon Verlag
Satz: Pendragon Verlag auf Macintosh
ISBN 3-934872-98-0
Printed in Germany

Bernice Rubens im Pendragon Verlag

Bernice Rubens
Madame Sousatzka

Roman
Aus dem Englischen
übersetzt von
Gabriele Haefs
312 Seiten, Hardcover
Euro 19,80/SFr 35,70
ISBN 3-929096-26-9

»Die Story einer außergewöhnlichen Beziehung zwischen Madame Sousatzka, der exzentrischen Klavierlehrerin, und ihrem hoch talentierten Lieblingsschüler Marcus. Mit Shirley MacLaine in der Titelrolle verfilmt, als Buch ein hinreißendes Lesestück.«
Journal für die Frau

»Das Buch ist eine wunderbar geschriebene Schilderung englisch jüdischer Exzentrik. Rubens Figuren sind bizarr, vielschichtig und liebevoll gezeichnet. Die Beschreibung des Milieus steckt voller Witz und Melancholie. Rubens kennt es sehr genau. Und die Sprache, die sie benutzt, ist so präzise wie poetisch.«
WDR

Bernice Rubens im Pendragon Verlag

Bernice Rubens
Das Wartespiel

Roman
Originalausgabe
Aus dem Englischen
übersetzt von
Gabriele Haefs
312 Seiten, Hardcover
Euro 18,50/SFr 33,50
ISBN 3-929096-96-X

Hollyhocks ist ein nobles Altersheim an der Straße nach Dover. Die Warteliste ist lang und die Heimleiterin wählt sorgfältig aus. Auch Mrs. Feinberg hätte schlechte Karten, aber sie ist in Wien geboren, das gleicht einiges aus. Nur das Ableben des einen oder anderen trübt ab und an diese Idylle. So auch der Tod der hochbetagten Mrs. Thompson, auf deren Trauerfeier sich das ganze Heim sinnlos betrinkt. Einer ist über diesen Abschied besonders erfreut: Jeremy Cross, der wild entschlossen ist, alle zu überleben. In seinem Schrank hat er eine Liste aufgehängt, in die er voller Triumph jeden neuen Todesfall einträgt...

»Bernice Rubens ist ein wertvoller Schatz«
The Times